GAME OF GOETIA

니콜로 장편소설

FUSION FANTASTIC STORY

마왕의 게임

마왕의 게임 2
니콜로 장편소설

초판 1쇄 찍은 날 § 2015년 9월 8일
초판 1쇄 펴낸 날 § 2015년 9월 15일

지은이 § 니콜로
펴낸이 § 서경석

편집책임 § 한준만

펴낸곳 § 도서출판 청어람
등록번호 § 제387-1999-000006호
등록일자 § 1999. 5. 31
어람번호 § 제1-2220호

주소 § 경기도 부천시 원미구 부일로 483번길 40 서경B/D 3F (우) 14640
전화 § 032-656-4452 팩스 § 032-656-4453
http://www.chungeoram.com
E-mail §chungeorambook@daum.net

ISBN 979-11-04-90398-4 04810
ISBN 979-11-04-90396-0 (세트)

니콜로 장편소설

FUSION FANTASTIC STORY

마왕의 게임

도서출판 청어람

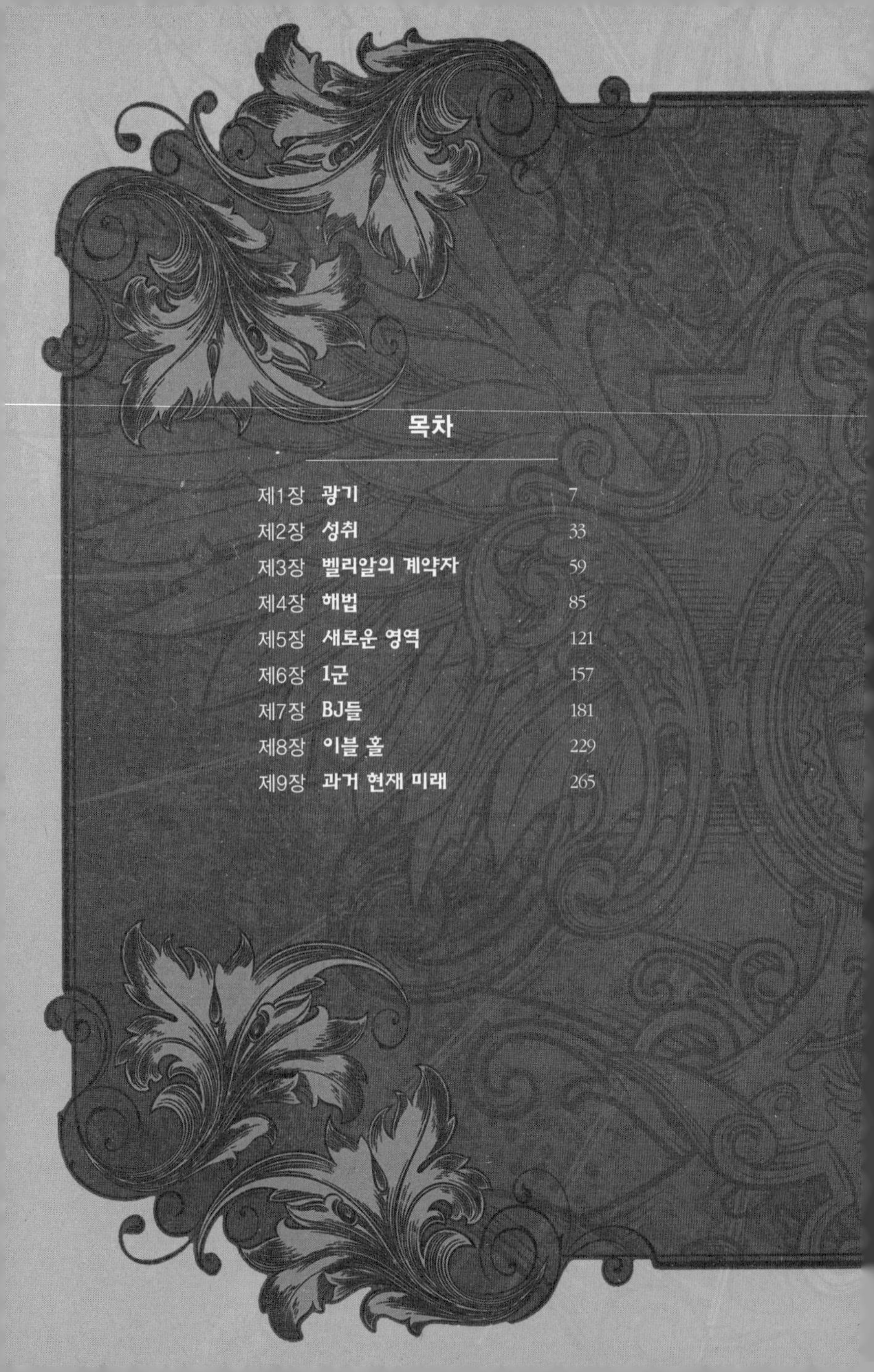

목차

제1장 광기 7

제2장 성취 33

제3장 벨리알의 계약자 59

제4장 해법 85

제5장 새로운 영역 121

제6장 1군 157

제7장 BJ들 181

제8장 이블 홀 229

제9장 과거 현재 미래 265

마왕의 게임
GAME
OF
GOETIA

제1장

광기

최영준은 파프리카TV에서 가장 인기 있는 BJ 중 하나였다.

단, 경기가 없는 시즌 오프 때만 짬짬이 방송을 했지만, 일단 방송을 한다고 하면 수많은 시청자가 구름 떼처럼 몰려왔다.

그뿐만이 아니었다.

다른 BJ들도 최영준의 플레이를 종종 중계하곤 했다.

최영준이 온라인 고수 Player_SIN과 대결한다고 하자 수많은 BJ가 중계하기 시작했고, 시청자의 숫자가 5만이 넘어가기 시작했다.

"오, 뭐야. 조심조심."

Player_SIN이 건설로봇 4기와 보병 2명을 끌고 공격에 나서는 모습이 정찰 신도에 의해 포착되었다.

더군다나 앞마당에는 건설로봇이 참호를 짓고 있었다.

저 참호가 무사히 완공되고 안에 보병이 들어가면, 앞마당에 건설 중인 대신전은 꼼짝없이 파괴되는 셈이었다.

하지만 최영준은 아직 여유가 있었다. 프로리그에서 이런 경우를 한두 번 당해보는 게 아니었다.

"와, 처음부터 노린 것도 아니었는데 즉흥적으로 치즈러시를 해버리네요. 과감해, 과감해."

상대의 과감한 결단을 칭찬하면서 최영준은 차분하게 대처하기 시작했다.

일단 2개의 참회실에서 광신도 생산을 시작했다.

강력한 광신도가 2명이나 나오면 인류의 초반 병력쯤은 손쉽게 격퇴할 수 있었다.

다만, 앞마당에 짓고 있는 참호에 보병이 들어가지 못하게 해야 한다는 전제였지만.

그래서 최영준은 일하던 신도 8명을 끌고 나와 앞마당 수비에 동원했다.

"이 정도면 막겠네요."

그렇게 말하며 최영준은 도착한 상대의 병력과 전투를 시작했다.

"보병, 보병, 보병. 이럴 땐 무조건 보병부터 죽여야죠. 보병만 다 죽이면 저 참호도 쓸모없게 되거든요. 제가 컨트롤을 어떻게 하는지 보여드리도록… 잉?"

최영준의 두 눈이 휘둥그레졌다. 상대의 컨트롤이 심상치 않았다.

일렬로 정렬해 신도들을 블로킹하는 건설로봇 4기.

뒤에서 총을 쏘는 보병 2명.

'잘하는데? 일단 참호 건설부터 막아야지.'

최영준이 날렵하게 신도 2명으로 하여금 참호를 짓는 건설로봇을 공격케 했다. 빠른 순간 판단!

하지만 상대의 반응 또한 기민하기 그지없었다.

신도 2명에게 얻어맞던 건설로봇의 체력이 다 닳자 즉각 뒤로 빼버렸다. 그리고 다른 건설로봇으로 참호 건설을 재개케 했다.

—헐;;;

—컨 보소 ㅎㄷㄷ

—컨트롤 작살이네.

—님들 상대 누구예요?

—상대 프로 아님?

—설마? ㄷㄷ

—설마 최영준 지는 거냐?

채팅창이 Player_SIN의 컨트롤에 대한 찬사로 도배되었다.

게다가 건설로봇들의 블로킹이 정말 정교했다.

최영준은 보병부터 집중 공격해 죽이려 했지만, 건설로봇들이 신도들을 얄밉게 가로막았다.

타타타타타!

보병 2명은 총 쏘고 이동하고를 반복하며 신도를 죽여 나갔다.

건설로봇들의 블로킹이 탁월해 진형(陣形)이 너무 불리했다.

최영준은 일단 신도를 뒤로 빼서 보병들의 사거리 밖으로 물렸다.

하지만…….

'이런!'

참호가 완공되고 말았다. 보병 2명이 참호 안으로 들어가 버렸다.

참호 안에 숨은 보병 2명이 앞마당 대신전을 향해 총을 갈기기 시작했다.

"아, 망했다!"

최영준은 울상이 되어서 탄식했다.

신도 2명을 따로 빼서 참호 건설을 계속 방해했는데, Player_SIN은 체력이 소모된 건설로봇을 교체해 가며 계속 참호를 짓는 컨트롤을 선보였다.

—광신도가 생산되었습니다.

—광신도가 생산되었습니다.

2개의 참회실에서 광신도 2명이 나왔다.

패배를 직감했으나, 최영준은 최후의 발악을 했다.

식량 자원을 채집하던 모든 신도를 끌고 나와서 광신도와 함께 참호를 공격했다.

치열한 전투!

Player_SIN도 보병을 1명씩 계속 추가로 보내며 참호에 집어넣었다.

건설로봇들은 얄밉게도 블로킹을 계속하며 참호에 접근하는 것을 방해했다.

건설로봇을 공격하면 즉시 뒤로 빼는 신속한 컨트롤까지 보였다.

광신도 2명이 죽는 걸 보며, 최영준은 울상이 되어서 GG를 선언했다.

"여러분, 저 망했어요……."

—ㅋㅋㅋㅋㅋ

—저 새끼 방플.

—뭔 방플이여 ㅉㅉ

—폰으로 방송 보면서 게임했겠지.

—상대 컨트롤 작살 ㄷㄷㄷ

—방플은 무슨, ㅆㅂ 눈깔 뼜냐? 막을 수도 있는 상황이었는데, 상대가 컨트롤로 발라 버렸잖아.

—근데 컨 저 정도면 프로 아니냐?

"여러분, 방플 아니고 그냥 제가 진 거예요."

'방플'이란, 상대방의 게임 방송을 모니터링하며 대전하는 행위를 뜻했다. 파프리카TV의 게임 BJ들이 일상적으로 겪는 일이었다.

하지만 최영준은 깨끗하게 자신의 패배를 인정하고 상대를 칭찬했다.

"원래 상대는 1병영 더블 빌드였어요. 게임을 길게 보고 가려고 했던 거죠. 근데 제가 방어를 전혀 안 한 걸 보고 그냥 즉흥적으로 치즈러시를 해버린 거예요. 와, 근데 컨트롤 진짜 좋네요."

패배를 했음에도 옹졸하지 않은 최영준의 태도는 시청자의 호감을 사는 요인 중 하나였다.

—ㅇㅇ 상대가 잘했지.

—ㅇㅈ

—ㅇㅈ

—방플 아니고 상대는 프로 확실.

—Player_SIN 저거 분명히 프로 선수 서브 아이디다. 최영준이 어디서 컨트롤 안 꿀리는데 저렇게 발리는 게 말이 되냐?

—프로 중에는 최영준 바르는 선수가 있고?

—별사탕 3만 개 쏠 정도의 재력 갖췄으면 1군 선수.

—설마 이신?

—설마 신지호… 는 아니다.

—정체가 누구든 최영준 지는 거 오랜만에 보네. 프로리그에서도 거의 안 졌는데.

채팅창이 터질 것처럼 온갖 말이 난무했다.

쌍영의 1인, 광기신족 최영준.

그런 그가 컨트롤에서 완패한 게임은 그만큼 모두에게 충격이었다.

최영준은 한숨 쉬며 키보드를 타이핑했다.

—rush_Joon : 다음 판 바로 갈까요? ㅠㅠ

—Player_SIN : ㅇㅇ 맵 골라.

—rush_Joon : 네?

—Player_SIN : 너 잘하는 맵 골라. 네가 졌잖아.

저 말에 채팅창이 'ㅋㅋㅋㅋ'로 도배되었다. 최영준이 어디 가서 하수 취급을 받아보겠는가.

—rush_Joon : 같은 맵으로 할게요. ㅠㅠ

—Player_SIN : 방 만들어.

시청자들의 웃음으로 도배된 채팅창을 보며, 최영준은 피식 따라 웃고 말았다.

"아, 민망해. 자존심 상하네요. 이번 판에서는 반드시 명예 회복할게요."

최영준은 스트레칭을 한 뒤에 두 번째 게임에 들어갔다.

그런데 5번째 신도가 생산되자마자, 최영준은 식량 자원 채집을 시키는 대신 맵 중앙 지역으로 내보냈다.

센터 참회실 빌드.

맵 중앙 지역에 참회실을 짓고, 거기서 생산되는 광신도로 상대를 공격하는 빌드였다.

상대가 어디에 있든, 맵 중앙에서는 매우 거리가 가까워지기 때문에, 공격 시 이동 시간을 줄일 수 있다.

다만, 실패할 시 미래가 없는 극단적인 전략이었다.

게임 시작부터 공격에 투자한 탓에 자원 부족으로 불리해지는 것이다.

최영준은 빠른 정찰로 Player_SIN의 본진을 7시에서 발견했다.

신도 1명과 광신도 1명이 7시를 향해 달렸다.

'이번엔 내가 컨트롤로 이겨주지.'

최영준은 비교적 패배를 쿨하게 받아들이는 편이었다. 아무리 잘해도 연습하다 보면 질 때도 많다.

하지만 이번에는 컨트롤 실력에서 명백하게 졌다는 사실에 자존심이 상했다.

자신의 컨트롤 실력이 결코 아래가 아니라는 것을 증명하고 싶었다.

그렇게 싸움이 시작되었다.

상대는 막 보병 1명이 생산된 참이었다.

식량 자원을 채집하던 건설로봇 3기가 뛰쳐나와 응전했다.

보병이 총을 쏘고 건설로봇들이 광신도를 에워싸 협공했다.

보병의 공격 거리 밖으로 광신도를 빼자, 건설로봇들은 쫓아오지 않았다.

보병이 또 한 명 생산되었고, 최영준의 광신도도 1명 더 도착했다.

Player_SIN도 디펜스에 건설로봇을 더 동원해야 했다.

그런데 Player_SIN은 굉장히 여유로웠다.

그렇게 정교한 컨트롤 싸움을 하는 와중에도 테크트리가 척척 진행되고 있었다.

기갑정거장을 짓기 시작하자, 최영준은 광신도 1명으로 이를 방해했다.

하지만 공격을 받은 즉시 건설로봇을 빼버리고, 다른 건설로봇을 투입해 계속해서 건물을 짓는다.

그러는 와중에도 보병 2명은 계속 광신도를 쫓아다니며 총을 쏴댔다.

'역시 잘하잖아!'

최영준의 이마에 식은땀이 맺혔다.

그런데 그때였다.

"엇?!"

최영준은 깜짝 놀라 저도 모르게 신음을 했다.

술래잡기 끝에 간신히 보병 1명을 잡았지만, 병영에서 보병이 추가 생산되는 속도가 더 빨랐다.

보병들이 쌓이자 상대는 여유가 생겼는지 싸움에 동원한 건설로봇들을 다시 자원을 채집시킨다.

결국 기갑정거장에서 고속전차 1기가 나타났다.

빠른 고속전차는 광신도의 천적 같은 유닛이었다.

'졌다!'

결국 공격은 실패로 끝났다.

거꾸로 상대의 반격이 시작됐다.

맵 중앙에 건설한 생명석과 참회실이 가장 먼저 파괴당했고, 추가로 생산된 기동포탑이 합류하여 최영준의 본진에 당도했다.

함께 딸려 온 건설로봇이 최영준의 앞마당 앞에 참호를 건설했다.

참호 안에 보병들이 들어갔고, 기동포탑은 포격모드로 전환되어 최영준의 건물들을 공격했다.

고속전차가 그 앞에 지뢰를 매설하니, 최영준의 앞마당 확장기지는 그대로 파괴당해 버렸다.

'끝까지 해봐야지!'

최영준은 본진에 있는 자원만을 쥐어짜서 병력을 생산했다.

자원 최적화와 물량!

그의 특기가 뒤늦게야 펼쳐진 셈이었다.

광전사와 거신병기가 쌓이자, 그는 앞마당의 적에게 돌격했다. 어떻게든 여기서 적을 걷어내고 반격을 도모할 생각이었다.

그런 최영준의 투혼은 왼쪽 방향에서 나타난 항공수송선에 의해 좌절되었다.

항공수송선에서 내린 고속전차 4기가 본진 곳곳에 지뢰를 매설하고 휘젓고 다니며 최영준의 신도들을 털어버렸다.

사실상 확인 사살이었다.

—rush_Joon : GG

—Player_SIN : GG

결국 2연패를 기록하며 최영준은 온라인 고수에게 체면을 구기고 말았다.

—아, 진짜 뭐 하냐, 정말!

—왜 안 어울리는 짓을 해!

—아, 컨트롤로는 정말 안 되는 것 같다. 그냥 물량 하자 영준아 ㅠㅠ

—근데 상대 진짜 뭐 하는 놈이냐?

—졌어 ㅋㅋㅋㅋ

—프로리그에서도 안 지는데 온라인 아마 고수한테 졌어 ㅋㅋㅋ

최영준은 자신의 패배가 믿겨지지 않았다. 아니, 믿겨지지 않는 건 상대의 컨트롤이었다.

어떻게 그런 정밀한 컨트롤을 하면서도 여유 있게 운영을 할 수 있는 건지!

'은퇴한 지 얼마 안 된 베테랑인가? 설마 이신?'

그렇게 월드 SC 그랑프리 개인전 본선경기를 앞두고 최영준의 심사는 복잡해졌다.

그런데 그때였다.

—Player_SIN : 한 판 더 해.

—rush_Joon : 한 판 더요?

—Player_SIN : 같은 맵에서 마지막으로.

최영준은 상대의 마음을 알 수 있었다.

Player_SIN은 진짜 광기신족과 대결해 보고 싶었던 것이다.

불감청고소원.

최영준이야말로 원하던 바였다.

—rush_Joon : 네, 그럼 한 판만 더 부탁드릴게요. 내일 경기 있어서 저도 그 이상은^^;;

—Player_SIN : 방 만들어.

'그래, 컨트롤은 내가 한 수 아래다.'

솔직하게 인정하기로 했다.

하지만 애당초 광기신족이라는 별명은 컨트롤로 얻은 게 아니었다.

'진짜 내 모습을 보여주지.'

최영준의 눈빛이 매섭게 타오르기 시작했다.

그는 집중에 방해되는 시청자 채팅창을 닫아버리고 다음 게임에 임했다.

이제부터는 진정한 광기신족이었다.

*　　　　*　　　　*

방진호 감독은 오랜만에 코치들과 회식을 가져서 늦게까지 술을 마셨다.

'그놈이 없어서 술맛이 더 좋군.'

술 안 마신다며 칼퇴근을 해버린 이신을 떠올리며 방진호 감독을 생각했다.

술을 마셔서 운전을 할 수 없었기 때문에 방진호 감독은 가까운 1군 선수 숙소로 향했다.

그곳의 빈방에서 잠을 청할 생각이었다.

그런데 1군 선수 숙소에 들어섰을 때, 거실에 아무도 없자 방진호 감독은 고개를 갸웃거렸다.

'다들 벌써 자나?'

방을 하나씩 둘러보았다.

방들도 텅 비어 있었다. 다만, 유독 한 방에 선수들이 모두 모여 있었다.

"뭐해?"

방진호 감독이 물었다.

"감독님, 이것 좀 보세요."

박신이 모두들 뚫어져라 보고 있는 모니터를 가리켰다.

스페이스 크래프트였다.

"누구랑 하는 건데?"

"최영준 개인방송이에요."

"최영준? 상대는?"

"걔 있잖아요. Player_SIN이요."

"뭐?"

그제야 방진호 감독도 흥미가 생겨 선수들과 함께 게임을 지켜보았다.

개인방송이었으므로 게임의 최영준의 시점에서 보였다.

바쁘게 움직이는 마우스 커서가 고스란히 보여서 지켜보는 선수들에게도 공부가 될 것 같았다.

"아, 물량 작살이다."

"저걸 어떻게 막아."

"간다, 간다."

선수들이 경탄을 했다.

최영준은 15개나 되는 참회실에서 뽑은 광신도와 거신병기를 대거 이끌고 공격에 나서고 있었다.

'정말 대단하군.'

어마어마한 대병력을 컨트롤하는 최영준의 능력은 보통이 아니었다.

소수 유닛 컨트롤은 몰라도 저런 대규모 물량전에 있어서는 최영준의 컨트롤을 따를 자가 없다는 평이었다.

"역시 최영준이 이기겠는데."

"아직 몰라요, 감독님."

"뭘 몰라?"

"저 Player_SIN이 벌써 최영준을 두 번이나 이겼는데요."

"뭐?!"

방진호 감독은 깜짝 놀랐다.

국내 프로 팀이 모두 골머리를 앓고 있는 상대가 바로 최영준이었다.

같은 쌍영의 1인인 박영호나 '이단자' 황병철을 제외하면 최영준의 대항마가 없는 실정이었다.

MBS팀 또한 에이스였던 신지호를 잃고서 더더욱 그랬다.

그런데 누가 저 최영준을 2번이나 연달아 이긴단 말인가?

"시청자 채팅창 보실래요? 지금 인터넷에 난리도 아니에요."

"Player_SIN이 혹시 이신 아니냐고 그러던데, 정말 이신 코치님 아닌가요?"

"아직 그 정도로 손목이 낫지 않았다고 하던데……."

방진호 감독이야말로 이신을 의심하고 있었다.

평소 연습실에서는 설렁설렁하지만, 집에서는 광속으로 마우스를 클릭할 거라는 상상의 나래를 멋대로 펼치고 있었다.

최영준의 대병력이 마침내 Player_SIN의 7시 확장 기지를 덮쳤다.

7시 확장 기지는 철저한 방어가 되어 있었다.

퍼퍼퍼펑!

기동포탑들이 포격모드로 변신해 적이 오는 족족 쏴서 녹여버린다.

최영준은 수송선 2대에 광신도 8명을 태워 기동포탑들 머리 위에 떨어뜨렸다. 광신도들이 기동포탑들에게 달라붙어 칼로 난

도질했다.

Player_SIN의 대처도 빛이 났다. 고속전차로 광신도를 일점사해 기동포탑들을 보호했다.

대공 화력이 좋은 장갑보병으로 돌아가려는 최영준의 수송선 2대를 일제히 격추했다.

고속전차들이 앞으로 일제히 나와 지뢰 매설. 다시 스피디하게 질주해 전장을 우회, 적 병력의 배후에 또다시 지뢰 매설.

최영준의 후속 병력이 매설된 지뢰 탓에 합류가 늦어졌다.

그 때문에 계속되는 최영준의 미친 듯한 물량 공세에도 버텨내고 있었다.

"그래, 스피드를 잡아먹는 거야!"

치열한 접전을 지켜보며 방진호 감독이 소리쳤다. 의아하게 쳐다보는 1군 선수들에게 방진호 감독이 말했다.

"최영준의 물량을 막으려면 병력을 잡아먹는 게 아니라 발목을 잡아야 하는 거야. 길목에 지뢰 깔고 수송선 격추시키고, 계속 최영준의 발이 느려지게 만들고 있잖아."

그제야 선수들도 무언가를 깨달았다.

최영준의 물량 공세의 무서운 점은 병력 생산과 공격의 빠른 회전률에 있었다.

생산—전투의 사이클이 빠르게 회전하니, 아무리 병력이 소모돼도 계속 보충되어 결국 상대를 무너뜨리는 것!

Player_SIN은 바로 그 생산—전투 사이클의 중간에서 한 단계를 더 발견했다.

생산—이동—전투다.

생산된 유닛들이 전투 지역으로 이동하기까지 걸리는 시간. 그 이동 시간을 집요하게 지연시킴으로서 최영준의 사이클을 삐걱거리게 만들고 있었다.

'정말 무서운 놈이다. 저 새끼가 정말 이신이 아니라고?'

실력이나 싸가지나 영판 이신이 아닌가.

'그래도 가만 보면 이신다운 스타일도 아닌 것 같고.'

Player_SIN은 상대의 대규모 공격을 막아내면서 차츰 자신의 확장 기지를 늘려 나가고 있었다.

저런 몸집 키우기 식의 세력 대결은 이신의 스타일이 아니었다.

이신이라면 몸집을 키우는 대신 무차별 견제를 퍼부어 상대의 자원 공급에 타격을 가했을 터였다.

쉬지 않고 테러를 가해 상대에게 위장이 끊어질 것 같은 괴로움을 안겨주는 것이 이신의 스타일이다.

Player_SIN처럼 몸집 키우는 운영은 하지 않는다.

'빠르게 움직이는 고속전차는 영판 이신이긴 한데.'

방진호 감독의 머릿속에 혼란이 가중되었다.

싸움은 끝이 나고 있었다.

"우와!"

"소환 성공했어!"

물량은 있으되 지상 기동에서 상대의 교란에 말리던 최영준의 선택은 '아바타'였다.

신의 분신이라는 설정을 가진 유닛 아바타(Avatar)는 먼 곳에 있는 유닛을 불러들이는 '소환'과 상대의 유닛을 일정 시간 묶어두는 '봉인' 두 가지 기술을 가졌다.

뿐만 아니라 존재 자체로 주변 아군 유닛을 보이지 않게 만들기 때문에, 여러 가지로 신족의 후반 운영에 있어서 핵심이라 할 수 있었다.

Player_SIN의 본진 깊숙이 침투하는 데 성공한 아바타가 병력을 소환한 것이다.

대공 방어가 되어 있었던 탓에, 아바타 셋을 집어넣어 그중 살아남은 하나가 소환에 성공했다.

거기서부터 균형이 깨지기 시작했다.

Player_SIN은 놀랍도록 침착하게 본진에 소환된 적 병력을 막았지만, 그와 동시에 또다시 시작된 최영준의 진격을 감당하지 못했다.

막아도 막아도 계속 유닛이 밀려 나왔다.

최영준의 광기가 마침내 폭발했다.

"저건 이겼다."

"그래, 저거지!"

"최영준 저렇게 발동 걸리면 지는 걸 못 봤다."

"상대도 끈질기게 잘 막는데. 저렇게 막아도 못 막으면 인류더러 어쩌라는 거냐."

선수들이 흥분했다.

최영준의 개인 화면으로 보는 광기신족의 플레이.

최영준이 어디를 보고 있는지, 마우스 커서가 어떻게 이동하는지 온전히 보이는 생생한 현장이었다.

승기를 잡아가는 최영준을 보면서 방진호 감독이 나직이 말했다.

"피지컬로 찍어 눌렀어."

프로게이머에게 피지컬이란, 손이 많이 가는 조작을 실수 없이 할 수 있는 집중력이다.

그 집중력을 오랫동안 유지하려면 강한 체력이 필요하다. 프로 팀의 훈련 일정에 체력 단련이 빠지지 않는 이유였다.

씁쓸한 사실이었지만 그 피지컬은 어릴 때 가장 왕성하며, 대체로 20대 중반만 돼도 감퇴되기 시작한다. 그래서 개인리그 우승자 대부분은 10대 후반에서 20대 초반의 선수들이었다.

"저건 반칙이야."

최영준이 정말로 강한 이유.

탁월한 실력과 좋은 전략으로도 극복되지 않는 최영준의 후반 피지컬을 보며, 방진호 감독을 쓸쓸하게 중얼거렸다.

저것도 노력으로 극복될 수 있다면 얼마나 좋을까?

* * *

최영준의 개인방송은 언론도 주목하고 있었다.

e스포츠 전문 언론 포털은 기삿거리가 없을 때마다 스타 프로게이머들의 개인방송 내용을 소재로 삼곤 했던 것이다.

그런 의미에서 지난 밤 개인방송에서 펼쳐진 최영준과 정체불명의 온라인 고수의 대결은 크게 화제가 되었다.

—최영준을 꺾은 온라인 고수?

—정체불명의 온라인 고수, 최영준 상대로 2승 1패!

—Player_SIN의 정체는?

—화제의 최영준 개인방송!

—모든 프로 팀이 러브콜을 보내고 있는 온라인 고수

—온라인 고수 Player_SIN의 정체 "혹시 이신 아니야?" 네티즌 의혹 이어져.

—온라인 고수에게 패한 최영준 "좋은 경험이었다."

Player_SIN이 이신의 서브 아이디일지도 모른다는 의혹이 강하게 제기되었다.

최영준을 가지고 논 유닛 컨트롤.

별사탕 3만 개를 아무렇지 않게 쏜 재력.

불필요한 단어가 극단적으로 배제된 특유의 말투.

위의 세 가지를 보면 어딜 봐도 이신이라는 것이었다.

하지만 반론도 만만치 않았다.

그 정도 실력이 있었으면 당장 선수 복귀를 하지 코치 노릇이나 하겠냐는 것이었다.

게다가 상대를 난도질하는 견제 플레이가 아닌 확장 위주의 장기 운영 플레이도 이신과는 거리가 멀다는 의견이 대세였다.

"왔냐."
오전 9시.
출근한 이신에게 방진호 감독이 가볍게 한마디 했다.
연습실의 선수들은 그에게 묻고 싶은 말들이 굴뚝같았지만 꾹 참았다.
평소에도 잘 말 걸지 못하는 상대였고, 오늘따라 유독 기분이 안 좋아 보이는 이신이었다.
"인사 안 해, 새꺄?"
"…안녕하십니까."
"왜, 어제 최영준한테 져서 기분 안 좋아?"
"또 그 소립니까? 그거 저 아닙니다."
"그럼 왜 그렇게 저기압인데?"
"아침부터 기자들이 제가 Player_SIN인지 뭔지 하는 놈 아니냐고 귀찮게 합니다. 이놈의 방송국은 경비 안 세워둡니까?"
"방송국이 기자를 쫓아내? 미쳤냐?"
"쯧."
이신은 혀를 차며 자리에 앉았다.
문득 옆자리를 보니, 주디가 슬금슬금 저기압인 이신의 눈치를 보며 인사할지 말지 고민하고 있었다.
"아, 안녕하세요."
조심스럽게 인사하는 주디.
이신은 고개를 끄덕였다.
"연습 준비해. 오늘은 신족을 상대로 연습하자."

"네."

이신은 신족 플레이어인 연습생들 세 명을 불러 주디의 상대로 붙였다.

연습생들 입장에서도 게임이 끝날 때마다 이신에게 코멘트를 들을 수 있었기 때문에 기꺼이 승낙했다. 게다가 연습을 도와주면 용돈도 팍팍 준다.

연습이 시작되고서, 이신은 의자에 깊숙이 몸을 파묻은 채 귀찮다는 듯이 말로 주디를 조종하기 시작했다.

그의 아바타인 양, 주디는 그대로 플레이했다.

정석적인 1병영 더블의 장기 운영을 시키면서도, 이신은 딴생각에 잠겼다.

'피지컬이라…….'

자신의 한계를 경험해 본 것은 정말 오랜만이었다.

컨트롤, 멀티태스킹, 전략, 판단, 피지컬!

무엇 하나 최고가 아닌 부분이 없었던 시절이 있었다.

어떤 맵에서 어떻게 싸워도 이길 수 있었던 무결점의 실력.

약점이 없어서 무패우승을 할 수밖에 없었던 절대무적의 시간들.

그동안 스스로는 몰랐는데, 사람들은 그것을 '전성기'라고 부르는 모양이었다.

그것이 이제는 지나가고 있다는 걸 자각하게 된 것이었다.

'나도 나이를 먹었나.'

그렇게 생각하니 기분이 더 안 좋아졌다.

이신의 나이는 올해로 25세였다.

"저, 코치님?"

주디는 오랫동안 오더가 없자 의아한 표정으로 이신을 불렀다.

"하던 대로 계속해. 이제 사소한 건 말 안 해도 되잖아."

"네."

이신은 열심히 키보드와 마우스를 조작하는 주디를 보며 문득 물었다.

"너 나이가 몇이었지?"

"열아홉 살이요."

"젊네. 좋을 때다."

다 늙은 것처럼 피로에 찬 이신.

그런 그를 방진호 감독이 황당하다는 듯이 쳐다봐야 했다.

제2장

성취

주디의 훈련은 착착 진행되었다.

…라고 생각하는 것은 이신의 관점이었다.

방진호 감독은 바로 옆에서 이신과 주디가 훈련이랍시고 하고 있는 걸 보면 의문 부호를 그릴 수밖에 없었다.

"내가 가르쳐 준 것만 기억해."

"네 판단은 필요 없어."

"머리를 비워. 내 말만 생각나게끔 머릿속에서 너를 지워 버려."

저딴 소리를 해대며 극단적인 주입식 교육을 하는 이신의 모습에선 광기까지 보였다.

'자기 아바타로 만들겠다는 거야 뭐야?'

말이 교육이지 거의 세뇌나 다름없었다.

그런데 더 기가 찬 것은, 그 미친 세뇌 교육의 성과가 보이는 부분이 있다는 사실이었다.

e스포츠에 APM이라는 용어가 있다.

Action Per Minute.

1분 동안 몇 개의 명령을 내렸는지를 나타내는 수치였다. 즉, 이 수치가 높다는 건 손이 빠르다는 뜻이었다.

보통 프로 선수들의 APM은 200대 초반에서 빠르면 700까지 손 빠르기가 각양각색이었다.

이 수치가 꼭 실력과 연결되지는 않지만, 그렇다고 해도 APM이 190 언저리였던 주디의 속도는 문제가 있었다.

그런데 저 주입식 교육을 통해 주디의 APM이 250까지 치솟았다.

게다가 헛손질이 없었다.

"매 순간순간 자기가 무엇을 해야 하는지 명확하게 알면 헛손질이 없어집니다."

이신은 자신의 말을 주디를 통해 증명해 보였다.

아바타처럼 이신의 오더에 따라 플레이했던 주디는 어떤 상황에서 무엇을 해야 하는지 고민하지 않게 되었다.

이신이 가르친 그대로 하면 되므로 조금의 딜레이도 없이 플레이한다. 당연하게도 APM이 높아질 수밖에 없었다.

그렇다고 아무나 저런 교육을 받아 성과를 낼 수 있는 건 아니었다.
주디는 이신이 눈여겨본 장점이 있었다.
바로 꼼꼼함.
유닛 하나 흘리지 않는 꼼꼼함으로 장기 운영에 강했다.
'덕분에 속성으로 기본기가 잡히긴 했지만, 그래도 저래서는 대성할 수가 없는데.'
방진호 감독은 주디의 스타일이 너무 원 패턴으로 단순하게 이루어지는 점이 걸렸다.
그래서 이신을 따로 불러서 이야기를 했다.
"괜찮습니다."
이신은 단언했다.
"뭐가 괜찮아? 패턴이 너무 뻔해. 정석 빌드에 운영, 뭘 할지 뻔히 보이는데."
"그게 단점으로 작용한다는 건 압니다."
"근데?"
"달리 선택지가 없습니다."
이신의 설명이 이어졌다.
"창의성이 너무 떨어진다는 지적은 수긍하지만, 그건 제가 그렇게 만든 게 아니라 원래부터 없었습니다."
"……."
그건 그랬다.
아마추어리그에서 처음 봤을 때도 이신을 모방한 플레이만 하고 있었다.

"애당초 창의적인 플레이는 상대를 어떻게든 해치고 싶다는 악의에서 나옵니다. 주디는 그런 공격성이 부족해서, 유닛 컨트롤도 아무리 가르쳐도 평범한 수준을 벗어나지 못합니다."

컨트롤이 안 되니 이신 특유의 스피디한 견제 플레이도 가르칠 수 없었다.

"그러니까 그런 한계를 감안하고서 할 수 있는 최선을 다 해 키우고 있다는 말이지?"

"예."

"근데 그래 가지고 1군이 될 수 있겠어? 보통 그런 걸 두고 자질이 없다고 말하는 거 아냐?"

"개인리그에서 좋은 성적을 낼 자질은 없습니다. 예선 뚫고 본선에 진출은 하겠지만, 패턴이 단순하니 다전제에 약합니다."

"……."

"하지만 프로리그에서 매년 꼬박꼬박 승률 50% 이상을 낼 수는 있습니다. 원 패턴 정석 플레이만 갖고 있어도 주디는 그게 가능합니다."

"승률 50%를 매년 낼 수 있는 선수로 만들 수 있다 이거지?"

"예."

화려한 걸 좋아하는 e스포츠 팬들에게는 인기 없는 선수가 되리라.

하지만 프로 팀 감독에게는 그것처럼 매력적인 선수가 없었다.

경기에 내보냈을 때 꾸준히 제 몫을 해주는 선수가 있으면 작전을 짜기도 편안하다.

방진호 감독도 신지호 같은 에이스급 선수보다 기복 없이 롱런해 주는 선수를 더 원했다.

그리고 재미없는 선수라고 하지만, 예쁜 외국인 소녀라는 주디의 캐릭터는 그 자체로 수많은 팬을 매료시킬 게 분명했다.

이신이 주디를 연습생으로 영입하자면서 말한 목적이 달성되는 셈이었다.

'이 자식, 기행을 벌이는 것 같았는데 나름대로 목적을 차근차근 달성하고 있었군.'

이신이 그렇게 말하니 방진호 감독은 주디의 현재 실력이 궁금해졌다.

"주디는 언제부터 쓸 수 있겠어?"

"올해 후반기 프로리그에 바로 투입하는 걸 목표로 하고 있습니다."

"너무 이르지는 않고?"

"디펜스와 운영을 중점적으로 가르쳤습니다. 디펜스와 운영을 잘하는 인류가 웬만해서 지는 일은 없지요."

"그럼 시험해 볼까?"

"그러죠."

이신은 쾌히 고개를 끄덕였다.

즉석에서 주디에 대한 테스트가 이루어졌다.

"자자, 다들 주목!"

선수들이 연습을 멈추고 방진호 감독을 바라보았다.

방진호 감독은 '주디스 레벨린'이라고 화이트보드에 크게 써놓더니, 그 옆에 'VS'라 적었다.

선수들은 연습생 테스트라는 것을 알아보았다.

프로리그에도 2부 리그에서 1부 리그로 올라가는 승강제가 있듯 팀 내부에서도 연습생이 2군으로, 2군이 1군으로 올라갈 수 있는 방식이 있었다.

그것이 바로 지금의 테스트였다.

방진호 감독은 VS 옆에 2군 선수들의 이름을 종족별로 10명 적었다.

"여기 적힌 사람은 차례대로 주디와 겨룬다. 봐주지 말고 해라, 알았지?"

"옛!"

선수들이 대답했다.

정작 사전에 아무것도 듣지 못한 주디만 큼직한 눈을 끔뻑거리고 있었다.

이신이 가르쳐 주었다.

"네 실력 테스트야. 여기서 통과하면 준프로 따고 드래프트 때 2군 선수로 계약할 수 있어."

"선수 계약?"

"어."

주디의 표정이 밝아졌다. 하지만 이내 다시 시무룩한 얼굴로 물었다.

"다 이겨야 통과예요?"

"아니, 3명."

"네?"

"10명 중 3명만 이기면 통과라고."

100점 만점에 30점만 받으면 된다는 말처럼 들릴지도 몰랐다.

하지만 비록 2군이라도 아마추어리그를 뚫고 준프로 자격을 땄으며, 드래프트에서 팀에게 지명되어 입단한 선수들이었다.

연습생들 사이에선 이 테스트를 계란으로 바위 치기라고 불렀다. 3명은커녕 1명이라도 이기면 다행이었다.

계란처럼 10번을 내리 깨지고 멘탈까지 상처 입어 프로게이머의 꿈을 접는 경우까지 종종 있었다.

"통과할 수 있을까요?"

주디가 걱정된다는 듯이 물었다.

"3명은 이길 수 있어."

"…정말요?"

"어. 그냥 네 실력을 보려는 차원이니까 부담 갖지 마. 져도 괜찮고, 이기면 행운이야."

"네."

주디는 그제야 안심한 표정으로 PC 앞에 앉았다.

그렇게 테스트가 시작되었다.

방진호 감독이 다가와 슬쩍 물었다.

"몇 명이나 이길 것 같아?"

"7명 정도입니다."

"뭐?"

승률 70%라니, 방진호 감독은 말도 안 된다는 표정을 지었다.

주디는 이제 연습생이 된 지 한 달밖에 안 된 애였다.

"성장이 기대되는 유망주 몇 명을 제외하면 대부분의 2군은 과감성이 없고 안전 위주의 플레이를 합니다. 그래서 2군에 머무르고 있죠."

하물며 자신들에게는 별로 중요하지도 않은 테스트에서 과감함을 보일 리는 더더욱 없다는 이신의 추측이었다.

"똑같이 뻔한 걸 하면 더 꼼꼼한 쪽이 이깁니다."

* * *

"맙소사."

방진호 감독은 마지막 10번째 2군 선수 이름 앞에 '승'을 표기하며 충격에 빠졌다.

승, 승, 패, 승, 승, 승, 승, 승, 승, 승.

승률 70%를 장담했던 이신의 예상은 빗나갔다.

9승 1패!

예상을 넘어선 90%였다.

줄줄이 패배한 2군 선수들은 충격을 받은 눈치였고, 1군과 연습생들도 멍하니 주디를 쳐다보았다.

"코치님!"

주디는 기쁨에 상기된 얼굴로 이신에게 달려왔다.

"잘했어."

이신은 가볍게 머리를 쓰다듬어 주었다.

주디는 무척 기뻐하며 더 쓰다듬어 달라는 듯, 은근슬쩍 머리를 내민다. 얼떨결에 이신은 계속 머리를 쓰다듬어 주게 되었다.

'이 정도까지 잘할 줄은 몰랐는데.'

혹독한 주입식 교육으로 억지로 실력을 쑤셔 박은 이신이었지만, 이렇게까지 성과가 좋을 줄은 스스로도 생각지 못했다.

사실 이신도 미처 예상 못 한 의외의 시너지 효과가 있었다.

바로 이신을 동경해 그의 플레이를 모방했던 주디의 그간의 경험이었다.

무슨 의미인지도 모른 채 그저 따라 하기만 했던 모방들.

그것들이 이신의 주입식 교육을 만나 비로소 진정한 주디의 실력으로 화한 것이다.

"이신!"

방진호 감독이 까닥까닥 손짓했다.

이신은 주디의 어깨를 툭툭 치고는 그에게 나가갔다.

"조금 쉬었다가 1군 테스트도 해보자."

"그건 무리일 텐데요."

1군은 2군과 전혀 달랐다.

2군 선수들에게 계란으로 바위 치기인 게 바로 1군 테스트였다.

1군 선수들은 저마다 자기 색깔이 뚜렷하고 필요할 땐 과감해지는 성향까지 두루 갖춘 이들이다.

"2군 상대로 승률 9할이야, 인마. 잘하면 1군을 상대로도 3할 나와."

방진호 감독은 오랜만에 들떠 있었다.

올해는 거의 포기 상태였는데, 당장 경기에 써먹을 수 있는 선수가 나타났다는 사실에 고무된 것이다.

'이신이 키웠다. 이젠 믿을 수 있겠어.'

방진호 감독은 지도자로서의 이신의 역량도 신뢰하게 되었다.

'아무리 어릴 땐 빨리 배우는 탓에 실력이 확 느는 경우가 있다지만, 불과 한 달 만에 2군 테스트에서 승률 90%가 나올 정도로 잘 키우다니!'

주디도 주디이지만, 주디를 키운 스승 이신을 인정하지 않을 수 없었다.

"으음, 그럼 10명 말고 5명만 가죠. 저렇게 기뻐하는데 멘탈 다치게 하고 싶지 않습니다."

아마 안 될 거라고 생각했지만, 워낙에 주디가 기대 이상의 실력을 보인 탓에 이신도 혹시나 하는 생각을 품었다.

그리고…….

"죄송해요."

주디는 울상이 되어 모기만 한 목소리로 말했다.

패, 패, 패, 패, 패.

기대감에 들떠 있었던 방진호 감독도 겸연쩍은 듯 머리를 긁적였다. 역시 무리였다.

이신은 주디를 다독였다.

"당연한 결과니까 괜찮아. 2군 테스트 통과만으로도 성공이야."

"정말요?"

"어."

"그, 그럼……."

"응?"

주디는 우물쭈물하더니, 용기를 내어 말했다.

"부, 부탁 하나만 들어주시면 안 돼요?"

"뭔데?"

"사진을… 찍고 싶어요."

주디는 스마트폰을 만지작거리며 부끄러워했다.

사진이란 말에 이신은 잠시 눈살을 찌푸렸지만, 이내 고개를 끄덕였다.

"오늘은 잘했으니까."

"그럼 잘하면 사진 찍을 수 있는 거죠?"

"…그래."

주디는 이신의 옆에 찰싹 붙어서 셀카를 찍더니, 이윽고 떨어져서 그의 단독 샷을 마구 찍기 시작했다.

부끄럼 가득한 평소 성격은 어딜 갔는지 잔뜩 흥분한 모습이었다.

'일단 기본 틀은 잡혔군.'

열심히 스마트폰 카메라를 만져대는 주디를 보며 이신은 생각했다.

1군에게는 아직 먹히지 않았지만, 빈틈을 더 메꾸고 장점을 강화하면 달라질 것이다.

그때는 이신이 원하던 주디의 완성형이 이루어지리라.

이신이 구상한 주디의 스타일…….

그것은 바로 양민 학살 머신!

일류 선수는 죽었다 깨어나도 못 이기는데, 어중간한 상대를 만나면 물 만난 물고기처럼 활약하는 그런 선수였다.

"오늘따라 기분이 좋아 보이십니다, 아가씨."

운전을 하는 30대 중반의 외국인 사내가 물었다.

리무진 뒷자리에 앉아 있던 주디는 싱글벙글하며 고개를 끄덕였다.

"오늘 2군 테스트 합격했어요."

"오, 그거 잘됐군요."

"네! 10명 중에 9명 이겼어요. 코치님도 잘했다고 칭찬해 주셨어요."

"하하, 코치님께 칭찬받은 게 더 기쁘신 거죠?"

"헤헤……."

주디는 수줍게 웃었다.

소리 없이 잔잔히 이동하던 리무진이 목적지에 도착하여 멈췄다.

"다 왔습니다, 아가씨."

"고마워요."

"내일 같은 시간에 모시러 오겠습니다."

"매일 감사해요."

"별말씀을."

주디는 프라다 백팩을 등에 메고 리무진에서 내렸다.

뭐가 그렇게 기분이 좋은지 싱글벙글하며 호텔 안으로 들어갔다.

호텔 최상층 펜트하우스가 그녀가 현재 한국에서 머무르고 있는 숙소였다.

당연히 숙박비가 무척 비쌌지만, 워낙 부유한 주디의 레벨린 가문에는 푼돈이나 다름없었다.

펜트하우스에 도착한 주디는 옷을 갈아입고 허겁지겁 노트북을 열었다.

인터넷에 접속해 주소창에 익숙한 손놀림으로 주소를 타이핑했다.

접속한 사이트는 바로 이신의 팬카페, 이신교.

회원 수 60만을 자랑하며, 한국 e스포츠 여성 팬의 9할을 보유했다고 일컬어지는 스페이스 크래프트의 성지였다.

로그인을 하자 그녀의 회원 정보가 좌측 상단에 나타났다.

닉네임 : iLoveSin

회원 등급 : 광신도(열혈회원)

주디는 미소를 지었다.

이제 회원 등급 상승의 때가 왔다.

대사제(운영진)로 등급 업만 된다면, 그거야말로 오늘 얻은 최고의 성취라 할 수 있었다.

주디는 카페에 글을 작성하기 시작했다.

제목 : 일단 한 장

닉네임 : iLoveSin

본문 : 아직 11장 더 있는데…….

그리고 첨부파일로 오늘 스마트폰으로 실컷 찍은 이신의 사진 중 한 장을 추가했다.

회원 수 60만의 팬카페답게 반응이 순식간에 나타났다.

—어어! 저거 뭐야!

—어머머 신 님이다!

—꺄악 신 님!

—저기 MBS 팀 연습실 아닌가요?

—iLoveSin 님 혹시 MBS팀 관계자이신가요?

뜨거운 반응!

F5 새로 고침을 누를 때마다 댓글이 십여 개씩 추가되고 있었다.

—저, 저렇게 가까이서 찍은 샷이라니! iLoveSin 님 능력자!

—심지어 카메라 쪽을 보고 계셔! ㅠㅠ 사진 찍는 거 굉장히 싫어하시는데!

—그냥 눈 정화 ㅠㅠb

—약간 당황한 표정이다 ㅋㅋㅋ

—당혹스러워하는 신 님도 너무 멋져!

—하아……! 11장 더 올려줘요! 어서요!! 지금 사람 놀려요?

—11장 더 올려라!

—현기증 난단 말이에요 ㅠㅠ 어서 사진 다 올려주세요!

—저것도 프린트해야겠다. 천장에 붙여서 잘 때마다 볼 수 있게 해야지♡

뜨거운 반응에 주디는 웃음을 지었다. 역시 예상대로였다. 그리고 마침내 기다렸던 메시지가 좌측 상단에 나타났다.

—쪽지가 도착했습니다.

내용을 확인하자 다음과 같은 내용이 나타났다.

제목 : 교주입니다.

닉네임 : 인의예지신님

본문 : 안녕하세요, 이신교의 교주 인의예지신입니다.

iLoveSin 님의 야심은 진작부터 알고 있었지만, 설마 이런 치사한 수까지 쓰실 줄은 몰랐습니다!

좋아요, 우리가 졌습니다.

채팅방에서 대사제들과 진지한 토론을 거친 결과, iLoveSin 님의 대사제 등업을 해드리기로 했습니다.

채팅방 주소와 암호는 추후 보내드리겠습니다.

이제 어서 11장을 마저 뱉으세요!

주디는 답장을 작성했다.

제목 : 실은요…….

닉네임 : iLoveSin

본문 : 사실 12장이에요. 마지막 1장은 저도 같이 찍은 거라 대사제님들께만 보여드릴게요.

교주의 답장은 빨랐다.

제목 : 말도 안 돼!

닉네임 : 인의예지신님

본문 : 저희가 아는 신 님께서는 카메라 플래시 때문에 눈부신 것도 싫어하시고, 포즈를 취하거나 웃으라는 요구도 싫어하시고, 아무튼 사진 자체를 체질적으로 싫어하세요.

저희도 신 님의 출근길에 방해되지 않도록 조용히 옆모습을 찍는 게 한계였습니다.

그런데 그런 신 님께서 공적인 일도 아닌데 누군가와 같이 사진을 찍다니! 당신의 정체가 점점 궁금해지네요.

채팅방 채널 주소랑 비번 알려드릴 테니 지금 당장 오세요! 지금 다들 난리도 아니에요!

효과는 직방. 그날 주디는 이신교의 대사제가 되었다.

*　　　　*　　　　*

퇴근하고 집에 돌아온 이신은 최영준이 보내준 개인방송의 녹화 영상을 보고 있었다.

최영준이 어디를 보고 있고 마우스가 어떻게 움직이고 있는지를 생생하게 볼 수 있어서 분석하기에 훌륭한 자료라고 생각되었다.

'필요한 컨트롤만 딱딱 하는 스타일이군.'

이신은 최영준이 왜 소수 유닛 컨트롤에서 자신에게 밀렸는지 알 수 있었다.

대규모 유닛 컨트롤에 익숙해져 있어서, 소수 유닛에 미숙한 것이었다.

아니, 미숙하기보다는 필요 이상의 조작을 하는 것을 꺼렸다.

그도 그럴 것이, 후반 운영에 익숙해져 있어서 유닛을 일일이 컨트롤할 시간에 건물 짓고 유닛 뽑고 이동시키는 조작을 하는 게 더 이득이기 때문이었다.

때문에 첫 번째와 두 번째 싸움에서 기교적인 컨트롤로 유닛으로 하여금 비정상적인 위력을 발휘시키는 이신에게 무릎 꿇은 것이었다.

그리고 가장 중요한 세 번째 대결.

이신은 그것을 보고 또 보며 분석했다.

중반까지는 분명 자신의 상황이 나쁘지 않았다.

어마어마한 병력을 쏟아붓는 최영준의 공세를 몇 번이고 막아냈다.

확장 기지의 숫자도, 일하는 생산 유닛의 숫자도, 병력 규모도 비슷했다.

물론 병력의 생산과 소비 사이클은 신족이 압도적이었다. 그건 종족 특성상 어쩔 수 없었지만, 대신 인류는 튼튼한 방어력이 있었다.

'여기까지는 내가 질 이유가 없었는데.'

최영준의 아바타 3기가 한꺼번에 이신의 본진에 침투했다.

잔뜩 깔아놓은 대공포에 의해 2기가 격추됐지만, 살아 들어온 1기가 소환을 펼쳤다.

광신도와 거신병기가 잔뜩 본진에 소환되었다.

'내 대처도 나쁘지 않았어.'

이신은 신속하게 방어선을 형성했던 병력 일부를 되돌려 본진에 소환된 적을 격퇴했다.

이때쯤 이신은 집중력을 유지하기에 힘겨움을 느꼈지만, 그래도 실수 없이 막아냈다.

손실만 따지면 소환한 병력과 함께 아바타 2기를 잃은 최영준이 더 컸다.

그런데 이것을 계기로 자신이 패배했으니, 이신은 기가 막혔다.

'왜 졌지?'

이론상 병력 피해를 더 적게 입은 이신이 유리했어야 했다.

그런데 다음 순간에 시작된 최영준의 총공세를 막지 못했다.

본진 내부에 소환된 적을 격퇴하기 위해 병력을 뺀 순간, 그 틈을 타 방어선을 들이받는 최영준.

그리고 특유의 생산—소비 사이클을 폭풍처럼 선보이며 후속 병력을 끝없이 보낸다.

방어선이 잠깐 뒤로 밀려났다.

하지만 그뿐.

본진 소환 공격을 막아낸 이신의 병력이 다시 방어선에 복귀하며 디펜스를 강화했다.

하지만 한 걸음씩, 한 걸음씩, 계속 밀린 끝에 이신은 수세에 몰렸다.

결국 7시 확장 기지를 잃고 사원 채집량이 크게 줄어 패배하고 말았다.

물론, 이신이 장기 운영이 아닌 자기 본연의 스타일로 싸웠더라면 어찌 되었을지 모른다.

하지만 그런 '만약에' 따윈 중요하지 않았다.

지금은 저 상황에서 자신이 왜 전투에서 이기고도 패배했는지 알아야 한다.

그 부분을 보고 또 봤다.

10번쯤 다시 보니 무언가 감이 잡힐 것 같았다.

'그런 건가?'

이신은 한 번 더 다시 재생해 보았다.

'그거였구나!'

최영준이 광기신족이라 불리는 이유.

다수 병력을 잘 뽑는 선수는 많은데, 왜 그중에서도 유독 최영준이 최고인 비결.

'중요한 건 손익이 아니라 공간이었어!'

일반적으로 신족이나 괴물은 인류를 상대로 전투를 벌일 때, 서로 유닛을 교환한다는 개념으로 싸운다.

같은 손실을 입어도 인류보다 더 빨리 유닛을 생산할 수 있기 때문이었다.

하지만 그 유닛 교환에서 자신이 손해 볼 것 같은 싸움은 피한다.

그런데 최영준은 상대의 병력이 아닌, 공간을 잡아먹기 위해 손실을 감수하고 아바타 소환 공격을 감행했다.

그 탓에 방어선이 살짝 뒤로 밀린 순간부터 이신의 패배였다.

더 이익을 챙긴 전투를 했다 해도, 결국 상대에서 뒤로 밀려나고 또 밀려나 낭떠러지에 이르면 패배하는 법이었다.

그 원리가 지금 나타나고 있었다.

일단 뒤로 밀리자 공간을 잡아먹혔다. 지원 병력을 보내도, 그 병력이 방어선을 펼 만한 공간이 부족해졌다.

결국 상대보다 손실이 적은 싸움을 했지만, 밀리고 밀려 낭떠러지에서 떨어져 버렸다. 상대보다 많은 병력을 가진 채 추락사했다.

이신은 고개를 끄덕였다.

최영준의 실력과 판단력을 인정할 수밖에 없었다.

"좋은 걸 배웠다. 내가 그 점을 간과했어."

"어머, 잘됐네요."

"……?!"

뜬금없이 들린 여자 목소리에 이신은 흠칫 놀랐다.

고개를 들어 앞을 바라보니, 그레모리가 그를 보며 아름다운 미소를 짓고 있었다.

"뭔지는 모르겠지만 자신의 단점을 보완할 가르침을 받았다는 뜻이죠?"

이신은 평정심을 애써 되찾으며 주위를 둘러보았다.

목동의 오피스텔이 아니었다.

마계, 그레모리의 궁전이었다. 어느새 그녀가 그를 불러들인 것이다.

"그렇습니다. 그런데 앞으로 저를 소환하실 땐 제가 놀라지 않게 배려해 주셨으면 좋겠습니다."

"후훗, 미안해요. 그냥 한 번 깜짝 놀라게 하고 싶었는데 너무 심했나요?"

"심하셨습니다."

"호호, 그런 것치고는 별로 크게 안 놀란 것 같은데요."

"놀란 걸 내색하지 않으려 했을 뿐입니다."

"자기 감정을 잘 통제하시네요. 역시 훌륭해요."

그레모리의 칭찬은 이신의 가슴을 뛰게 만들었다.

악마군주이기 때문일까.

평소 감정 기복이 별로 없는 이신을 그녀는 손쉽게 들었다 놨다 했다.

물론 이신은 이를 들키지 않기 위해 애써 무표정을 유지했다. 이 점을 그녀가 이용하려 들지도 모른다고 판단했기 때문이었다.

"그렇게 거창한 건 아니었습니다. 그런데 저를 소환하셨다면 역시 서열전입니까?"

"맞아요."

"다음 서열로 도전하는 겁니까?"

"아쉽지만 아니에요. 지난번 서열전 결과를 기억하시나요?"

"암두시아스에게 승리를 거둬 25,000마력을 얻으셨지요."

"그리고 71위를 건너뛰고 70위로 올라섰지요."

'아.'

그제야 이신은 지난번 일을 떠올렸다.

사도 임명 시스템 등에 정신 팔려 그걸 깜빡하고 있었다.

"본래 70위였던 악마군주가 도전해 왔군요."

"네, 상대는 악마군주 벨리알이에요. 선물이나 지위, 적과 친구의 호의를 제공하는 능력을 지닌 악마군주로, 현재 10만 마력을 보유하고 있어요."

"그의 서열전 성적은 어떻습니까?"

"줄곧 하위권에서 맴돌고 있어요."

"계약자가 누군지 알고 싶습니다."

이신은 가장 중요한 것을 물었다.

그레모리가 답했다.

"조아생 뮈라라는 자에요. 들어보셨나요?"

이신은 고개를 저었다.

"못 들어봤습니다. 어떤 인물입니까?"

"나폴레옹의 휘하에서 활약하여 나폴리의 왕까지 지낸 인물입니다."

"나폴레옹? 그렇다면 만만치 않은 전략가이겠군요."

그 유명한 나폴레옹이 언급되자 이신이 긴장했다.

하지만 그레모리는 고개를 저었다.

"아뇨, 그는 전술에 신경 쓰지 않고 오직 용맹으로서 승리를 거두는 것을 자랑으로 여기는 자였어요. 당신과는 정반대의 타입이죠."

이에 이신은 의문을 느낄 수밖에 없었다.

'그저 용맹뿐이라고? 그런 자가 왜 계약자로 선택받았지?'

실시간 전략 시뮬레이션과 같은 서열전에서 단순무식한 맹장이라니, 이해할 수가 없었다.

'서열전에 아직 내가 모르는 무언가가 있는 건가?'

제3장

벨리알의 계약자

이신은 그레모리와 모의전을 치르며 서열전에 대비했다.

조아생 뮈라(Joachim Murat).

생전에는 나폴레옹 휘하의 기병지휘관으로 용맹을 뽐냈다.

하지만 나폴리의 왕이 된 후에는 자기 지위를 위해 나폴레옹을 배신해 그의 몰락에 크게 일조하고 본인도 함께 몰락했다고 한다.

사실 그레모리도 벨리알과는 서열전을 해보지 못해서 그의 스타일에 대해 해줄 말이 없다고 했다.

다만…….

"그를 절대로 얕보면 안 돼요. 그는 계약자가 되자마자 연전연승을 거두며 벨리알을 높은 서열까지 끌어올렸어요."

"그런데 지금은 최하위권에 있잖습니까."

"한 번도 패하지 않고 승리하는 바람에 벨리알도 조아생 뮈라도 너무 오만했습니다. 최고치인 5만 마력을 배팅했다가 패해 순식간에 추락했어요."

"그렇군요."

"그 뒤로도 한 번 이기고 한 번 졌는데, 이겨서 1만 마력을 얻고 졌을 땐 3만 마력을 잃고 말았죠."

결국 패배보다 승리가 훨씬 많았음에도 배팅을 잘못하여 지금의 서열이 된 셈이었다.

운도 나빴지만, 그들이 배팅을 할 때 상대를 별로 고려하지 않았다는 뜻도 된다.

'그 점만 봐도 확실히 판단력이 부족한 인물 같긴 한데.'

그런 자의 승률이 그토록 좋았다니, 뭔가가 있음이 틀림없었다.

각별히 주의해야겠다는 경각심이 들었다.

이신이 말했다.

"만약에 그들이 도전하거든 1만 마력만 배팅하도록 하죠."

"질 위험에 대비하자는 거군요."

"예, 어떤 상대일지 감이 잡히지 않습니다. 전장은 전에 암두시아스와 치렀던 제2전장 블루레인이 좋겠습니다."

기병지휘관이었다고 하니, 길목이 복잡한 블루레인에서 싸우는 편이 유리할 거라는 생각이 들었다.

"알겠어요."

이신은 나름대로 조아생 뮈라의 스타일에 대해 여러 가지로 추측하며 작전을 구상했다.

그리고 며칠 후.

그레모리의 궁전에서 다시 한 번 전략을 검토하고 있었는데, 별안간 멀리서 굉음이 들려왔다.

두두두두두두……!

이신은 놀라 자리에서 벌떡 일어났다.

마치 지진이라도 난 듯한 요란 법석한 소음.

'벨리알 측이 온 건가?'

1층 홀 쪽으로 나와 보니, 그레모리도 딱딱하게 굳은 얼굴로 서 있었다.

그녀가 말했다.

"각오해 두세요. 벨리알이 왔습니다."

"예."

그레모리는 이신에게 다가와 그의 오른손을 잡았다.

흠칫한 이신이었지만, 곧 벨리알의 기운으로부터 보호하는 것임을 깨달았다.

잠시 후, 충격적인 광경이 나타났다.

두 마리의 검은 말이 이끌고 있고, 바퀴가 활활 불타고 있는 전차(戰車)였다.

전차 위에는 두 사람이 타고 있었다.

한 명은 검게 물든 날개와 검은 피부에 음습한 눈빛을 한 악마, 말할 필요도 없이 악마군주 벨리알이었다.

그리고 다른 한 사람은 185㎝쯤은 될 법한 큰 키에 잘생긴 얼굴을 한 서양 미남자였다.

저자가 바로 벨리알의 계약자 조아생 뮈라인 모양이었다.

"이렇게 서열전에서 만나기는 처음인가, 그레모리."

"그렇구나, 벨리알."

두 사람은 딱딱하게 굳은 표정으로 서로를 바라보았다.

끝없이 추락했다가 이신을 만나 비로소 반등하기 시작한 그레모리.

그리고 거침없이 상승세를 탔다가 잘못된 배팅과 오만으로 추락한 벨리알.

서열이 엇갈려서 아직 한 번도 서열전에서 만나 겨뤄본 적이 없는 두 악마군주는 이제야 비로소 만나게 되었다.

그레모리로서는 잘못된 배팅으로 추락했지만 승률은 매우 높은 벨리알을 경계했고, 벨리알 또한 밑바닥에서 그레모리를 건져 올리기 시작한 계약자 이신을 경시하지 못했다.

특히 벨리알은 최근 패배에서 너무 크게 데이는 바람에 오만한 마음이 조금 위축된 측면도 있었다.

그레모리가 말했다.

"내게 도전을 하러 왔겠지?"

"물론."

"자격을 갖췄으니 그 도전을 피하기란 불가능한 일. 하지만 서열전에 앞서 한 가지 재미있는 제안을 하겠다. 얼마 전에 암두시아스와 내가 치른 서열전에 대해 들어보았나?"

"세 판을 겨뤄 그중 두 번을 먼저 이긴 쪽이 승자가 되는 방식을 내게 제안하려고 하는 것이군?"

"이해가 빠르구나. 그렇다."

벨리알은 냉소를 지었다.

"거절하겠다."

사실 그 제안은 이신이 그레모리에게 사전에 말해놓은 것이었다.

하지만 거절을 당했으니 하는 수 없었다.

"좋다. 그렇다면 서열전을 치르도록 하겠다. 전장은 제2전장 블루레인, 마력은 1만이다."

"배팅을 좀 더 쓰지 그래?"

"거절한다."

"훗, 겁먹었군."

"난 너처럼 어리석지 않다, 벨리알."

그녀의 말에 벨리알의 눈썹이 꿈틀했다. 크게 배팅했다가 추락한 아픈 일을 꼬집혀 심기가 불편해진 것이다.

벨리알은 노기 어린 목소리로 옆에 있는 조아생 뮈라에게 말했다.

"반드시 이기도록 해라, 뮈라."

"물론입니다."

자신만만하게 고개를 끄덕인 조아생 뮈라는 흘깃 이신을 바라보았다.

그러고는 씨익 웃었다.

"약골처럼 생겼군. 내가 맞춰볼까? 똑똑하다는 얘기를 참 많이 듣고 살았겠지?"

"그렇다."

이신은 겸손과 거리가 멀었다.

"아하하하!"

조아생 뮈라는 크게 웃었다.

"난 너 같은 친구가 참 좋더라고. 똑똑한 척하는데 꼭 나한테 지거든!"

"네가 어떻게 몰락했는지 들었다."

"……!"

조아생 뮈라는 꿀 먹은 벙어리가 되었다.

"멍청한 놈이더군."

그러고는 그에게서 시선을 거둬 버리는 이신.

잠시 얼굴이 붉으락푸르락했지만, 이내 조아생 뮈라는 코웃음을 쳤다.

"흥, 입씨름은 이쯤 해두지. 곧 묵사발을 내줄 테니까."

홱 돌아선 조아생 뮈라는 벨리알의 몸에 손을 얹었다.

"전장에서 보지."

파앗!

그 말을 남기고 벨리알은 조아생 뮈라와 함께 사라졌다.

"우리도 갈까요?"

"예."

두 사람 또한 제2전장 블루레인으로 향했다.

[악마군주 그레모리 님과 계약자 이신 님께서 제2전장 블루레인에 도착하셨습니다.]

양측은 서로를 바라보았다.

조아생 뮈라는 서열전을 앞두고도 싱글벙글해 있는 것이 마치 놀러가는 듯했다.

그에 반해 이신은 마음을 차분하게 가라앉히는 중이었다.

[악마군주 그레모리 님과 악마군주 벨리알님의 서열전입니다. 전쟁의 승패가 서열과 마력에 영향을 줍니다. 마력은 2만이 배팅됩니다.]

[마력 2만이 마력석이 되어 전장에 유포됩니다.]

[종족을 선택해 주십시오.]

"휴먼."

"오크."

이신과 조아생 뮈라가 종족을 선택했다.

[서열전이 시작됩니다.]

[악마군주 그레모리 님의 계약자 이신 님과 악마군주 벨리알 님의 계약자 조아생 뮈라 님께서 참전합니다.]

서열전이 시작되었다.

“일해.”

이신의 명령에 노예들이 우렁차게 대답하며 마력석을 향해 달려갔다.

사령부에서 새로운 노예를 소환하며 이신은 생각에 잠겼다.

‘디펜스 위주로 안전하게 운영하는 편이 좋겠군.’

이신이 본 조아생 뭐라는 이성적인 판단보다 자신의 육감에 의존하는 사내였다.

의외로 치밀함과 전략이 중요한 e스포츠에도 그런 프로게이머가 있었다.

‘그런 부류가 감이 좋아서 전투를 잘하지.’

예상치 못한 타이밍에 기습적으로 쳐들어와 전과를 거두는 예측불허의 동물적인 스타일.

그 대표적인 예가 바로 황병철.

황병철은 이신처럼 매우 공격적인 스타일이었다.

다만 두 사람은 차이가 있었다.

이신의 공격은 잽처럼 견제를 수차례 퍼부어 상대의 자원·병력 피해를 입히는 운영의 일환이었다.

즉, 형세를 유리하게 만들기 위한 계산된 공격인 셈이었다.

하지만 황병철은 훨씬 극단적이었다.

공격 타이밍도 매우 빠를뿐더러, 그러한 공격 하나하나가 상대를 끝장내기 위한 승부수였다.

어찌 보면 모 아니면 도의 도박이라고 오해할 수도 있으리라.

하지만 황병철은 승부의 타이밍을 매우 잘 잡는다.
질 것 같으면 피하고 이길 것 같을 때 비로소 거칠게 물어뜯는다.
그렇기 때문에 그런 극단성을 가지고도 톱클래스인 것이고, 절대무적이었던 이신의 대적자일 수 있었던 것이다.
'황병철과 비슷한 스타일이라면 자원상 손해가 있어도 디펜스가 투자해야겠군.'
일찍부터 방어에 자원을 투자한다는 건, 자칫하면 낭비가 될 수 있는 일.
하지만 서열전의 휴먼은 스페이스 크래프트의 인류보다 더 초반에 나약했다.
그리고 손해를 좀 입더라도 시간이 흘러 서로 규모가 커지면 운영 능력 면에서 자신이 월등히 유리하다고 판단했다.
8번째 노예가 소환되자 본진의 출입구에 병영을 건설했다.
그리고 9번째로 소환된 노예에게 정찰을 명했다.
"맡겨주십시오! 사도로 임명해 주신 은혜에 보답하겠습니다!"
정찰 명령을 받은 9번째 노예는 바로 콜럼버스였다.
콜럼버스는 즉시 1시 지역을 향해 달리기 시작했다.
이동 속도를 5% 높여주는 방어구, 가죽 부츠를 신은 탓에 평소보다 더 빠른 속도였다.
제2전장 블루레인은 시작 지점이 1시와 7시 두 군데뿐.
때문에 상대의 본진 위치는 정해져 있다고 할 수 있었다.
하지만 이신은 혹시나 카사노바 때처럼 조아생 뮈라가 3시나

9시 구석에 건물을 숨겨 지을 수도 있다고 판단했다.

때문에 1시로 가던 콜럼버스는 일단 3시와 9시를 차례로 들려 꼼꼼하게 확인했다.

'이동 속도가 빨라지니 확실히 좋군.'

몰래 짓는 건물이 없다는 걸 확인한 뒤에는 다시 1시로 달리는 콜럼버스였다.

콜럼버스는 가는 길에 1시 방향에서 오는 오크 노예와 마주쳤다.

'뭐라도 정찰을 시작했군.'

그때쯤, 병영이 완성되었다.

순간적으로 이신은 어떤 판단이 들어 콜럼버스에게 명했다.

'싸워.'

콜럼버스는 시키는 대로 마주친 오크 노예에게 주먹질을 했다.

"취이익!"

한 대 맞은 오크 노예는 신경질을 냈지만 명령받은 게 있는지 무시하고 계속 가던 길을 간다.

'잠깐 시간을 끌어라.'

"옛!"

명령을 받은 콜럼버스는 끈질기게 오크 노예를 공격했다.

이동 속도를 5% 높여주는 부츠를 신은 탓에 달리는 오크 노예를 따라잡아 공격하는 일이 가능했다.

콜럼버스는 센스 좋게도 오크 노예의 다리를 걸어 넘어뜨렸다.

"취이익!"

성이 난 오크 노예가 공격하려 들자 얄밉게도 뒤로 물러서는 콜럼버스.

'됐다. 이제 놔두고 1시로 정찰.'

"옙!"

시간은 충분히 끌었다.

저 오크 노예가 이곳에 당도할 즈음, 병영에서 궁병이 소환된다.

그럼 궁병이 입구를 막고 오크 노예가 들어오지 못하게 막을 수 있는 것이다.

프로게이머인 이신이기에 할 수 있는 초단위의 정밀한 시간 계산이었다.

계산대로 오크 노예가 출입구 근처까지 당도했을 즈음, 궁병이 소환됐다.

"불러주셔서 감사합니다!"

로빈 후드가 쾌활하게 소리쳤다. 로빈 후드를 사칭한 강도단 두목 출신에 불과했지만, 어쨌든 이신이 본 가장 활 솜씨가 뛰어난 궁병이었다.

로빈 후드는 오크 노예에게 화살을 쐈다.

피잉!

왼쪽 어깨에 화살이 꽂혔다.

"취이익!"

오크 노예가 비명을 질렀다.

그런데 그 순간, 오크 노예의 눈빛이 붉게 변했다.

마치 악마처럼 심상치 않은 눈빛을 띤 채, 오크 노예는 로빈 후드에게 달려들었다.

재차 화살을 쏘자, 그와 동시에 옆으로 굴러서 피한 오크 노예. 아까와는 전혀 딴판의 날렵한 몸놀림이었다.

오크 노예는 그대로 자세를 낮게 유지한 채 로빈 후드의 품에 뛰어들었다.

"큭!"

급히 화살을 더 시위에 먹여 쐈지만, 오크 노예는 왼팔로 막았다.

그리고 가까이 접근하는 데 성공. 로빈 후드를 붙들어 그대로 메다꽂았다.

오크 노예가 씨익 웃었다.

"내가 말했지? 묵사발을 내주겠다고."

보통 오크의 입에서 나올 수 없는 유창한 말투.

이신은 깜짝 놀랐다.

"조아생 뭐라?"

"크흐흐!"

오크 노예는 기분 나쁘게 웃어댈 뿐이었다.

불길함을 느낀 이신은 일하던 노예 2명을 보내 로빈 후드를 구하게 했다.

퍼억! 빽!

오크 노예는 로빈 후드를 붙잡고 두들겨 팼다.

"이 자식!"

노예 한 명이 오크 노예에게 뛰어들었다. 그 순간,

빼어억!

몸을 반쯤 비틀며 휘두른 팔꿈치가 노예의 턱에 제대로 꽂혔다.

"으어어……!"

노예는 데굴데굴 구르며 괴로워했다.

함께 달려온 또 한 명의 노예가 오크 노예에게 뛰어들어 한데 뒤엉켰다.

그 틈에 로빈 후드는 벌떡 몸을 일으켜 떨어뜨린 활을 주워 들었다.

화살을 시위에 먹이고 쏘는 순간,

콰악!

"끄악!"

화살은 엉뚱하게도 노예를 맞추고 말았다. 오크 노예가 화살을 쏘는 순간 몸을 뒤집어 노예를 방패로 삼은 것.

말 그대로 화살받이가 된 노예는 죽고 말았다.

'저게 대체 무슨 일이지?'

이신은 자신의 상식상 있을 수 없는 일을 목격했다.

궁병 1명, 노예 2명이 덤볐는데, 오크 노예 1명을 당해내지 못하고 오히려 노예 1명이 죽었다.

오크 노예는 턱을 맞고 뒹굴던 노예에게 연이어 덤볐다.

노예가 저항했지만, 오크 노예는 가볍게 주먹질을 피하면서 도리어 카운터로 뛰어들어 안면에 박치기를 해버린다.

빠어억!

"으악!"

단말마의 비명과 함께 노예는 죽었다.

"이 새끼가!"

로빈 후드가 다시 활을 쐈다.

콰아악!

등에 꽂혀 들어간 화살!

때마침 병영에서 또 소환된 궁병도 합세해서 화살을 다시 쐈다.

콰악! 콱!

비로소 쓰러지는 징글징글한 오크 노예.

오크 노예는 죽기 전에 이신을 응시하며 씨익 웃었다.

"있다 또 보자고."

"……!"

그렇게 오크 노예는 죽었지만 이신이 입은 피해는 너무 컸다.

노예 2명이 죽었고 로빈 후드도 실컷 얻어맞아 만신창이였다.

게다가 노예 2명이 싸움에 동원되어서 일을 못 한 것 역시 피해였다.

'방금 그 오크 노예는 분명 조아생 뭐라였다.'

정상적인 오크 노예가 아니었다.

분명 오크 노예가 분명한데, 말투나 싸움 실력이나 조아생 뭐라라고밖에 볼 수가 없었다.

그때 뇌리로 어떤 추측이 스쳤다.
"사도."
그러자 머릿속에 메시지가 떠올랐다.

크리스토퍼 콜럼버스(휴먼, 노예)
무기 : 없음
방어구 : 가죽 부츠(이동 속도 +5%)
능력 : 없음

이신이 주목한 것은 바로 '능력'이었다.
'계약자가 직접 오크 노예가 되어서 싸울 수 있는, 그런 류의 능력이 있을지도 모른다.'
아니, 이신은 거의 확신이 들었다.
그렇다면 조아생 뮈라가 전략 전술에 어두움에도 승률이 높은 이유도 설명이 된다.
'큰일이군.'
아무튼 초반에 너무 큰 피해를 입었다.
이신은 병영 옆에 화살탑을 건설해 출입구를 완전히 틀어막았다.
콜럼버스가 조아생 뮈라의 본진을 돌아다니며 정찰을 잘해주고 있었다.
조아생 뮈라의 오크 진영에서는 전사양성소가 2개 완성되었고, 마구간과 대장간도 건설되고 있었다.

저 두 건물이 완성되면 전사양성소에서 오크 창기병을 소환할 수 있게 된다.

'최대한 빨리 오크 창기병을 소환해 찌르겠다는 생각이구나.'

예상치 못한 큰 피해를 입는 바람에 이신의 휴먼 진영은 테크트리가 늦어졌다.

게다가 같은 오크 창기병이라도, 아까처럼 조아생 뭐라가 빙의되어 싸운다면 상식을 넘어선 강함을 보일 가능성이 높았다.

그래서 이신은 앞마당에 마력석 채집장을 가져가는 것을 포기하고, 대신 방어와 병력 생산에 몰두했다.

상대도 마력석 채집장을 늘리지 않고 오크 창기병을 최대한 빨리 뽑는 데 주력하고 있으니, 이쪽도 그에 맞춰서 대응해야 했다.

병영을 늘리고 궁병을 더 소환했다.

방패병도 소환했다.

병력이 충분히 갖춰지면 그때 비로소 밖으로 진출해 방어선을 펼치고 앞마당에 마력석 채집장을 확보할 생각이었다.

방패병이 공격을 막고 궁병이 화살을 쏴 죽이는 전술을 구상했다.

'투석기까지 섞이면 방어선을 더 앞으로 밀어 올리고 마력석 채집장을 더 가져가겠다.'

이신답지 않은 안전 위주의 소극적인 운영.

하지만 상대가 이미 상식을 파괴해 버렸기 때문에 이신은 쉬이 과감해질 수가 없었다.

콜럼버스가 정찰을 잘해주고 있어서 다행이었다.

오크 전사 넷이 쫓아왔지만 콜럼버스는 이리저리 잘 도망치며 조아생 뮈라의 본진을 정찰했다.

이동 속도 +5%의 가죽 부츠가 이신에게 아주 큰 힘이 되고 있었다.

마침내 조아생 뮈라의 전사양성소에서 오크 창기병이 소환되었다.

말을 탄 오크!

그런데 특이하게도 일반적인 오크 창기병과 달리, 창이 아니라 한 손으로 쓰기 좋은 날렵한 검을 들고 있었다.

'저것도 사도다!'

300마력으로 무기를 따로 부여한 오크 창기병 사도가 틀림없었다.

그리고 아마도 능력도 부여했으리라. 조아생 뮈라가 저 오크 창기병에게 빙의되어 싸울 수 있는 능력 말이다.

오크 창기병은 정찰을 하는 콜럼버스와 눈이 마주쳤다.

오크 창기병이 씨익 웃었다.

오크 창기병이 콜럼버스를 향해 달렸다.

아무리 가죽 부츠를 신고 달리고 있어도, 말보다 빠를 리는 만무했다.

"제길! 여기까지입니다, 계약자님!"

콜럼버스는 오크 창기병이 휘두른 검에 깔끔하게 목이 잘려나가 죽었다.

하지만 마지막 순간, 콜럼버스는 끝까지 오크 전사 2명이 추가 생산된 것을 확인해 주었다.

'오크 창기병 1기, 오크 전사 8기인가.'

입구만 뚫리지 않으면 병력이 더 확보될 때까지 충분히 막을 수 있을 것 같았다.

이신은 화살탑에 궁병 4명을 넣고, 그 뒤에도 궁병 10명을 포진시켰다.

방패병 4명도 대기시켜 놓고, 대장간에서 무기 업그레이드를 실행시켰다.

일단 한 번 공격을 막고, 병력을 꾸준히 모은 뒤, 무기 업그레이드가 완료되는 타이밍에 진출할 계획이었다.

[적이 나타났습니다!]

마침내 조아생 뮈라의 병력이 나타났다.

오크 창기병이 대장처럼 선두에 서 있었고, 그 뒤로 오크 전사 8명이 뒤따랐다.

오크 창기병은 이신의 본진 출입구 방어 상태를 보더니 손을 들어 오크 전사들을 제지시켰다.

병영과 화살탑으로 막혀 있고, 화살탑 안과 뒤에 궁병 14명이 포진했다.

이걸 뚫겠다고 공격했다가는 화살탑만 부수다가 병력을 잃고 도망쳐야 할 터였다.

"호오, 참 잘도 막아놨군? 아까 심하게 당해서 겁먹었나 보지?"

조아생 뮈라의 조종을 받는 오크 창기병의 비아냥거림에 뒤따르던 오크 전사들도 취익거리며 따라 웃었다.

물론 이신은 신경 쓰지 않고 병력을 뽑는 데만 신경을 썼다.

5개로 늘린 병영에서 제각각 궁병 3명과 방패병 2기를 더 소환하고 있었다.

'놈들은 결국 공격 들어오지 못한다.'

기껏해야 앞마당에 얼씬거리며 못 나오게 막는 것뿐.

계획대로 충분한 병력이 모이면 저 병력 정도쯤은 몰아낼 수 있게 된다.

그리고 나면 기존의 전략대로 방어 위주의 후반 운영이다.

'이제 무기 업그레이드만 완료되면…….'

바로 그때였다.

"공격해라!"

오크 창기병의 우렁찬 고함!

이신은 흠칫해서 출입구 쪽을 바라보았다.

놀랍게도 조아생 뭐라의 명령에 오크 전사 8명이 일제히 공격을 시작했다.

오크 전사들은 화살을 맞아가며 화살탑을 부수기 시작했다.

"쏴라! 쏴!"

화살탑 안에서 로빈 후드가 화살을 쏘며 고함을 질렀다.

궁병들이 열심히 오크 전사들에게 활을 쐈다.

튼튼한 방어구로 무장한 오크 전사들은 쉽게 죽지 않았지만, 14명이 쏘는 화살에 집중당하니 견뎌낼 재간이 있을 리 없었다.

오크 전사는 한 명 한 명 쓰러졌다.

그럼에도 오크 창기병은 뒤에서 태연히 그걸 보고 있을 뿐이었다.

오크 전사가 거의 죽고 3명밖에 남지 않았을 때였다.

와르르르!

집중 공격을 받은 화살탑이 무너졌다. 100마력이나 되는 비싼 오크 전사 5마리를 희생한 성과치고는 초라했다.

그런데 그때, 오크 창기병이 비로소 검을 꼬나 쥐고 달리기 시작했다.

'설마?'

이신은 불길함을 느꼈다.

그래 봤자 오크 창기병 1명과 오크 전사 2명이 전부였다. 더 추가 병력이 합류해 봐야 오크 전사 2명 정도다.

이쪽은 궁병 14명, 방패병 4명. 게다가 궁병 3명과 방패병 2명이 추가로 소환된다.

이기는 싸움이다.

아무리 오크 창기병이 조아생 뭐라의 조종을 받아 날고 기어도 안 되는 견적이다. 이신의 계산으로는 그랬다.

하지만 이 불길함은 대체 무엇일까?

이신은 오싹한 느낌을 떨쳐 버릴 수가 없었다.

…예감은 현실이 되고 말았다.

콰악! 콰악!

"끄악!"

"악!"

살아남은 오크 전사 2명을 화살받이 삼고 돌입한 오크 창기병은 신속한 칼질로 궁병 2명을 사살했다.

저돌적으로 달려들어 말발굽으로 궁병 둘을 더 밟아죽이며 돌파하는 오크 창기병!

"쏘란 말이야!"

로빈 후드의 고함에 화살 세례가 집중되었다.

오크 창기병은 오른쪽을 등진 채 왼쪽으로 검을 휘둘렀다.

왼쪽에서 날아온 화살들은 검에 의해 부서졌고, 오른쪽에서 날아온 화살들은 갑옷의 등 부분에 의해 튕겨 나갔다.

이제 보니 입고 있는 갑옷도 일반적인 오크 창기병의 것이 아니었다.

'무기, 방어구, 능력을 다 갖춘 오크 창기병 사도구나. 하지만 아무리 그래도 너무 강한데?'

오크 창기병의 놀라운 활약에 이신은 어안이 벙벙해졌다.

양 진영의 추가 병력이 싸움에 합류했다.

오크 전사 2명이 합류하자 오크 창기병은 더욱 길길이 날뛰었다.

마침내 궁병들과 방패병으로 이루어진 방어선을 돌파하고 본진에 발을 들인 오크 창기병!

궁병들이 뒤쫓아 오며 화살을 쐈지만, 오크 창기병은 말을 달리며 잽싸게 안으로 도망쳐 들어왔다.

"하하하! 내 세상이다! 이게 싸움이지!"

오크 창기병은 마력석 채집장에 뛰어들어 이신의 노예를 살육

하기 시작했다.

'기가 막히는군.'

이신은 어이가 없었다.

아무리 무기, 방어구, 능력을 모두 갖춘 사도라도 밸런스가 붕괴될 정도는 아니었다.

그건 콜럼버스의 가죽 부츠만 봐도 알 수 있다. 노예 한 명의 이동 속도가 5% 빨라진다고 전쟁 전체에 얼마나 영향을 주겠는가.

그런데 저 오크 창기병의 활약은 놀랍다 못 해 사기였다.

밸런스를 붕괴시키는 건 사도가 아니라, 바로 조아생 뮈라의 전투 능력이라는 뜻이었다.

궁병들이 쫓아와서 저지하려 했지만, 오크 창기병은 마음껏 활개치고 달리며 술래잡기하듯 이신의 본진을 휘저었다.

이신의 계산상 디펜스는 완벽했다.

계산대로라면 입구는 뚫릴 리가 없었다.

그런데도 결과가 이러했다.

'가만, 공간인가?'

최영준과의 대결이 떠올랐다.

상대보다 손실이 적었음에도, 보다 강한 힘을 가진 채 낭떠러지 끝에 아슬아슬하게 서서 싸운 꼴.

'내가 또 같은 실수를 반복하고 말았군.'

이신은 쓴웃음을 지었다.

최영준의 물량처럼, 세상에는 상식과 계산을 능가하는 상대가 있는 법이었다.

'어쨌든 이걸로 조아생 뭐라에 대해 대강 파악했다.'

패배는 처음부터 각오했다.

여기서 패배하고 나면 벨리알의 마력량은 11만, 그레모리는 10만 마력이 된다.

11만의 9할은 99,000.

이번에는 이쪽에서 도전할 자격이 생기는 것이다.

게다가 상대의 스타일을 알게 되었으니 이제는 자신 있었다.

'공간이다. 문제는 공간이었어.'

최영준과 겨루고서 얻은 교훈을 실현할 참이었다.

"졌다!"

이신은 패배를 선언했다.

제4장

해법

[악마군주 그레모리 님의 계약자 이신 님께서 패배를 선언하셨습니다. 악마군주 벨리알 님의 승리입니다.]

[악마군주 벨리알 님께서 마력 1만을 획득하셨습니다.]

[마력 총량 11만으로 악마군주 벨리알 님께서 서열 70위가 되셨습니다.]

[마력 총량 10만으로 악마군주 그레모리 님께서 서열 71위가 되셨습니다.]

"하핫, 좋아! 간만에 재미있었어."

조아생 뮈라는 호탕하게 웃으며 승리를 만끽했다.

벨리알도 승리의 기쁨에 회심의 미소를 지었다.

"소원을 말해라."

그레모리가 입을 열었다.

그녀는 조아생 뮈라에게 이어서 말했다.

"나는 악마군주 그레모리. 너에게 모든 병을 치료해 줄 수 있고, 여자의 사랑을 얻게 해줄 수도 있다."

"하핫, 이 몸은 건강하고 여자의 사랑을 얻는 데 어려움을 느낀 적도 없지요. 아쉽지만 마력으로 만족하지요."

조아생 뮈라는 역시 마력을 택했다.

"좋다. 마신께서 정하신 율법에 따라 내 마력의 1%를 너에게 주겠다."

그러고는 그레모리에게서 뿜어져 나온 검은 기류가 조아생 뮈라에게 스며들었다.

"휴우! 이제 사도를 한 명 추가할 수 있겠군. 능력은 빙의가 한 번에 나와줬으면 좋겠는데 말이야."

그러면서 명령어를 말하며 사도 선정을 하는 조아생 뮈라였다.

그레모리는 어두워진 표정으로 이신에게 말했다.

"저자에게 사도가 또 한 명 생겼군요."

"아까 보였던 능력이 빙의였군요. 말 그대로 전장에 소환된 사도에게 빙의되어 싸울 수 있는 능력 같습니다."

"오직 용맹 하나로 나폴레옹을 보좌했다더니 정말 무서운 자네요. 어때요? 저자와 다시 겨룬다면 이길 수 있나요?"

"예."

"저는 걱정이 되네요. 제가 봐도 카이저 당신의 방어는 튼튼했는데 그런데도 뚫려 버렸어요. 그건 순전히 조아생 뮈라의 능력이에요."

"알고 있습니다. 하지만 그땐 저자에 대해 몰랐고, 이제는 압니다."

이신은 단호하게 말했다.

"이제 제가 이깁니다."

"으음, 상대가 좋지 않아 보이는데요. 그는 당신의 전략과 지혜가 통하지 않는 부류예요."

"그레모리 님."

그레모리가 이신을 바라보았다.

그녀와 똑바로 눈을 마주한 채, 이신이 말했다.

"제가 미리 말씀드린 바 있습니다. 패배할지도 모르니 곧바로 다시 도전할 수 있도록 1만 마력만 배팅하자고 말입니다."

"그랬죠."

"전부 예정대로인 겁니다. 이제 저자가 어떤 방식으로 승리를 해왔는지 알게 됐으니 이길 수 있습니다."

그리고 이신은 지금 당장 재도전해서 이겨야 하는 이유가 있었다.

바로 그레모리와의 계약 조건.

패배 시, 다시 서열전에서 승리할 때까지 마계에 머물러 있어야 한다. 그동안 현실세계에서는 수면 상태로 있게 되고 말이다.

"알았어요. 당신의 의견을 따를게요."

"감사합니다."

대화를 마치고 그레모리는 벨리알에게 걸어갔다.

"흠? 아직 볼일이 남아 있나?"

자신의 계약자 조아생 뮈라가 사도를 임명하고 능력을 구입하는 일을 마칠 때까지 기다리고 있던 벨리알이 의아해했다.

그레모리가 말했다.

"남았고말고. 나는 99,000마력을 보유한 악마군주로 마신께서 정한 율법에 의거하여 너에게 도전할 자격을 갖추고 있다."

"뭐? 지금 내게 도전하겠다는 것이냐?"

놀란 벨리알에게 그레모리가 고개를 끄덕였다.

"그렇다."

"…어쩐지 처음에 세 번을 겨루자는 제안 따위를 하더니, 애당초 이럴 생각이었군."

"물론이다. 감히 율법을 어기고 도전을 거절하지는 못할 테지? 배팅할 마력량과 전장을 선택해라."

"으음, 잠시. 내 계약자의 의견을 듣고 결정하지."

벨리알은 조아생 뮈라를 불러 이야기를 나눴다.

조아생 뮈라는 흘깃 이신을 바라보더니 호탕하게 웃었다.

"하하! 좋지요. 아무런 문제도 없습니다. 이 기회에 마력을 팍팍 배팅하시지요?"

"과신하지 말고 신중하게 생각해라. 자신이 있느냐?"

자기 마력을 배팅해야 하는 당사자인 벨리알은 크게 쓴맛을 보고 난 후로 더 이상 과감해질 수 없었다.

하지만 조아생 뭐라는 가슴을 탕탕 치며 큰소리를 쳤다.

"저를 믿으십시오. 저 녀석은 솜씨가 제법인 듯 보입니다만, 여태껏 제가 쓰러뜨려온 수많은 상대와 다를 바가 없었습니다."

"음, 알겠다. 그럼 전장은 어디를 원하느냐?"

"딴 데 갈 필요 있겠습니까? 이곳에서 하지요."

그 말을 들은 순간, 이신은 무언가를 알았다는 듯이 눈을 빛냈다.

"알겠다."

벨리알은 그레모리에게 돌아와 말했다.

"이곳에서 치르지. 배팅할 마력은 2만이다."

"좋다."

그리고…….

[악마군주 벨리알 님과 악마군주 그레모리 님의 서열전입니다. 전쟁의 승패가 서열과 마력에 영향을 줍니다. 마력은 4만이 배팅됩니다.]

[마력 4만이 마력석이 되어 전장에 유포됩니다.]

[종족을 선택해 주십시오.]

"휴먼."

"오크, 못생겨서 나와 어울리진 않지만 말이지."

그러면서 재미있지 않냐는 듯이 이신을 보며 낄낄댄다.

이신은 별 호응 없이 무표정했다.

두 사람은 전장의 스타팅 포인트로 이동되었다.

* * *

이번에는 이신의 위치가 1시였다. 7시에 조아생 뮈라가 있다는 뜻이었다.

"일해."

"옛!"

노예 4명이 마력석을 캐서 사령부로 나르기 시작했다.

'또 여길 택했다고?'

이신은 조아생 뮈라가 싸울 전장으로 이곳 블루레인을 택한 점에 주목했다.

'블루레인은 상대 진영으로 하는 길목이 복잡해서 오크 창기병을 좋아하는 그의 성향과 어울리지 않는다. 그건데도 여길 골랐다?'

어디서 싸우든 이길 수 있다는 자신감의 표현 같지만, 이유가 단지 그것만은 아니라는 생각이 들었다.

이신은 6번째 노예 소환을 명하며 곰곰이 아까의 싸움을 돌이켜 보았다.

병영과 화살탑으로 잘 막아놓고 궁병을 포진시킨 디펜스.

뚫릴 리 없는 방어라고 생각했는데, 조아생 뮈라는 엄청난 활약을 선보이며 돌파해 버렸다. 과연 싸움 하나로 나폴레옹과 함께 유럽을 누빈 사나이다웠다.

'그런데 그게 사실 힘든 싸움이 아니라, 사실 조아생 뮈라가 선호하는 상황이라면?'

블루레인은 시작지점이 2군데뿐이라 상대의 위치를 찾지 않아도 알 수 있었다.

그건 즉 상대가 빠른 타이밍에 공격을 올 수도 있기 때문에 더 빨리 방어를 할 수밖에 없다는 뜻이었다.

특히 오크 노예에게도 큰 피해를 당한 이신은 필연 아까처럼 본진 입구를 틀어막아야 했다.

그러면 아까와 똑같은 양상의 싸움이 된다.

'그걸 바란 건가. 오크 전사들을 화살받이 삼아 길을 뚫고서 오크 창기병으로 돌파하는 양상을 즐긴다는 뜻이로군.'

터무니없는 전술이지만, 조아생 뮈라의 엄청난 실력을 보면 납득이 갔다.

'하지만 넌 실수했다.'

6번째 노예로 콜럼버스가 소환되었다. 이신은 콜럼버스에게 말했다.

"가라."

"예!"

콜럼버스는 일단 명령을 받자마자 지체 없이 신속하게 달리며 물었다.

"그런데 평소보다 타이밍이 빠르시군요?"

'정찰이 아니니까. 중앙 계곡 지역에 병영을 건설한다.'

이어서 소환된 7번째 노예에게도 똑같이 명했다.

제2전장 블루레인의 중앙 지역.

협곡처럼 양옆에 언덕이 있는 길목. 전의 서열전에서 카사노바의 괴물 군대를 막아냈던 그 포인트였다.

콜럼버스가 병영을 짓기 시작했고, 이어서 7번째 노예가 그곳에 도착했을 즈음, 다시 150마력이 딱 모였다.

7번째 노예도 병영을 짓기 시작했다.

두 개의 병영이 나란히 지어지자 길목이 빈틈없이 틀어막혔다.

잠시 후,

[적이 나타났습니다!]

조아생 뮈라가 보낸 오크 노예가 나타났지만, 막혀 버린 그 길목을 통과하지 못했다.

*　　　*　　　*

'호오?'

조아생 뮈라는 전장의 중앙 협곡 지형의 길목을 차단한 상대의 병영 2개를 보며 놀라움을 금치 못했다.

'이 시간에 저기까지 나와서?'

계산에 어두운 조아생 뮈라라도 저것이 자원상의 손해를 감수한 결정이란 걸 알 수 있었다.

'영문을 알 수 없군. 확실히 보다 방어에 유리한 지형이긴 하지만, 그럼 다른 길로 가면 그만이잖아?'

1시로 향하는 길은 세 갈래가 있었다.

그중 중앙 지역을 통과하는 길목이 차단된 셈이었다.

하지만 오른쪽과 왼쪽에 작은 샛길이 있었기 때문에, 조아생 뮈라는 오크 노예를 왼쪽 샛길로 우회시켰다.

그런데 왼쪽 샛길을 지날 때, 적 휴먼 진영의 노예가 나타났다.

'그놈이군.'

묘하게 빠르던 예의 그 노예였다.

노예는 가까이 다가와 공격을 하고 물러나기를 반복하며 오크 노예의 이동을 방해했다.

짜증이 난 조아생 뮈라는 오크 노예에게 빙의를 했다.

[사도 탈라흐의 능력 빙의를 사용합니다.]

[계약자 조아생 뮈라 님께서 사도 탈라흐의 육체에 빙의됩니다.]

조아생 뮈라는 오크 노예를 자기 몸처럼 조종했다.

노예가 가까이 다가오자 즉시 주먹을 휘둘렀다.

퍼억!

"크억!"

한 대 얻어맞은 노예가 허둥지둥 물러났다.

제대로 들어가지 않았다.

놈이 워낙에 조심스러웠던 탓에 제대로 먹이기 전에 내빼 버린 탓이었다.

"덤벼봐, 이 자식아!"

아슬아슬하게 떨어진 거리에서 노예가 깐죽거리며 도발해 왔다.

저 쥐새끼를 쫓아가 패 죽일지 그냥 가던 길을 갈지 고민할 때였다.

다음 순간, 궁병 2명이 전방에서 나타났다.

쉬쉭—!

날아오는 2발의 화살.

조아생 뮈라는 즉시 옆으로 몸을 날려 피해냈다.

하지만 오른편에서도 화살이 날아오는 줄은 미처 몰랐다.

콰악!

왼쪽 다리에 박혀 버린 화살!

오른편에도 궁병 1명이 몰래 접근 중이었던 것.

오크 노예가 다리를 다친 틈을 타, 궁병 3인을 집중 사격을 가해 사살했다.

그가 보유한 사도 넷 중 하나를 아무 성과 없이 잃은 것이었다.

"호오, 제법 열심히 머리를 굴렸나 본데."

조아생 뮈라는 이신이 과연 어떤 전략으로 나올지 흥미가 생기기 시작했다.

그는 예정대로 오크 창기병 소환에 들어갔다.

주먹질에도 자신이 있지만, 조아생 뮈라의 특기는 역시 기마전. 살아생전에도 기병지휘관으로서 싸울 때는 한 번도 지지 않았던 그였다.

오크 전사 8명과 오크 창기병 1기가 소환되자 그는 오크 창기병에게 빙의한 뒤, 진격에 나섰다.

그는 병영 2개로 막아버린 중앙 지역의 길을 피해, 왼쪽 샛길로 진군했다.

그런데 왼쪽 샛길로 이동을 했을 때였다.

"아니?"

조아생 뮈라는 흠칫 놀랐다.

휴먼의 식량창고 2개가 나란히 지어져서 샛길을 틀어막고 있었기 때문이다.

혹시나 싶은 조아생은 본진의 마력석 채집장에서 일하던 오크 노예 한 명을 시켜서 오른쪽 샛길로 가보게 했다.

그쪽도 마찬가지로 상대방의 건물로 막혀 있었다.

모든 길을 막아버린 것이었다.

'이놈이 무슨 꿍꿍이지? 본진 입구 하나 방어하지 못했으면서, 세 갈래 길을 전부 다 방어하겠다고?'

웃기지도 않았다.

조아생 뮈라는 볼 것도 없다는 듯이 오크 전사들에게 공격 명령을 내렸다.

오크 전사들이 달려들어 길을 막고 있는 식량창고들을 파괴하기 시작했다.

그리고 바로 그때…….

[적의 습격을 받았습니다!]

"뭣?!"

조아생 뮈라는 깜짝 놀랐다.

그가 병력 거의 대부분을 끌고 나온 사이, 적의 궁병들이 무방비 상태의 본진을 공격한 것이었다.

"제길, 돌아간다!"

"취이익!"

조아생 뮈라가 조종하는 오크 창기병은 오크 전사들과 함께 부랴부랴 본진으로 되돌아왔다.

하지만 돌아왔을 때 궁병들은 썰물처럼 후퇴하고 없었다.

그가 본진으로 돌아오는 걸 알고 싸우지 않고 후퇴해 버린 것이다.

공격으로 받은 피해는 미미했다.

하지만 조아생 뮈라는 불길한 예감이 들기 시작했다.

'설마 내가 공격에 나설 때마다 빈집털이를 할 생각인가?'

"치밀하군. 아주 위험한 외줄 타기를 하고 있어."

전황을 지켜보며 벨리알이 침음했다.

"으음."

함께 지켜보는 그레모리도 보고 있기 아찔하기는 마찬가지였다.

아직 제대로 된 전투는 한 번도 펼쳐지지 않았다.

하지만 폭풍 같은 긴장감이 제2전장 블루레인 전체에 드리우고 있었다.

그것은 아슬아슬한 곡예 같은 전략을 펼치고 있는 이신 때문이었다.

6번째, 7번째 노예로 전장의 중앙 지역까지 멀리 나와 병영 2개 건설.

마력 확보에 신경 써야 할 이른 시간에 저런 투자를 했다. 상대보다 마력량에서 불리한 출발을 할 각오를 했다는 뜻이었다.

만약에 조아생 뮈라가 중후반을 바라본 운영을 했다면, 가난하게 출발한 이신의 전략은 큰 실패를 했을 터.

하지만 적중했다.

조아생 뮈라는 아까처럼 오크 창기병을 최대한 빨리 소환하는 전략을 들고 나왔다.

중후반에 가서 서로 병력 규모가 커지면, 조아생 뮈라가 아무리 혼자 잘 싸워도 영향이 미미해진다.

그 점을 잘 알고 있기에 조아생 뮈라는 빨리 승부를 보려고 했고, 이신은 그 의도를 읽었다.

이어서 양옆으로 크게 돌아가는 샛길까지 식량창고 등의 건물로 막아버린 행위는 놀랍기까지 했다.

병력 규모에서는 명백한 이신의 열세.

오크 창기병 4기와 오크 전사 12명을 마련한 조아생 뮈라에 비해, 이신은 궁병 20명과 방패병 4명이 전부였다.

하지만 이신은 전 병력을 중앙 길목에 배치해 방어에만 주력했다.

언덕 위에서 학익진처럼 배치되어 일제사격을 할 수 있는 지형이라, 천하의 조아생 뮈라도 이곳을 돌파할 엄두를 내지 못했다.

조아생 뮈라는 당연히 샛길로 멀리 돌아 이신의 본진으로 향해야 했다.

하지만 조아생 뮈라가 공격에 나설 때마다 이신은 궁병으로 그가 자리를 비운 본진을 공격하는 빈집털이 전술을 썼다.

"대체 뭘 하고 있는 거야!"

벨리알은 갈팡질팡하는 조아생 뮈라를 보며 분통을 터뜨렸다.

공격을 할 거면 제대로 마음먹고 진격하고, 방어를 할 거면 마력석 채집장을 늘려서 규모를 키우는 운영을 해야 할 게 아닌가.

이신의 전술에 휘말려 시간만 낭비하는 조아생 뮈라의 모습이 너무나 답답해 보였다.

그도 그럴 것이,

"더 시간을 주면 안 된단 말이다!"

그랬다.

이신은 마력석 채집장을 두 군데나 늘린 상태였다.

다양한 교란 작전으로 시간을 벌면서 열심히 마력석을 캐먹고 있었다.

한편, 그레모리는 자신의 계약자에게 감탄이 나왔다.

'저런 도박 같은 수를 쓰는데 전부 적중하고 있다니.'

조아생 뮈라의 활약을 처음 봤을 때는 깜짝 놀랐다.

맹장 타입의 계약자는 여럿 만나봤지만, 본인이 직접 소환 대상에게 빙의되어서 직접 싸우는 경우는 처음 봤다.

도저히 이길 수 없는 상대라고 생각됐지만, 이신의 강력한 주장으로 벨리알과 두 번째 서열전을 치르게 되었다.

그리고 이신은 자신의 진면목을 보여주고 있었다.

조아생 뮈라와는 정반대의 치밀한 전략가!

모든 게 아슬아슬한 외줄 타기처럼 보이는데, 전부 다 적중되고 있다.

조아생 뮈라에 대해 전부 간파하고 대응하기 때문.

완벽주의적인 성향이 병적으로 강한 자신의 계약자가 모 아니면 도의 전략을 펼칠 리 만무했던 것이다.

이제 곧 있으면 마력석 채집장 세 군데서 모이는 엄청난 마력이 전부 병력이 될 터였다.

"전부터 그랬지만 늘 배팅 운이 좋지 않구나, 벨리알."

그녀의 말에 벨리알의 얼굴이 잔뜩 일그러졌다.

"아직 승부는 모른다!"

"후훗, 난 알겠는데."

그레모리는 즐겁게 눈웃음을 지었다. 벨리알은 부들부들 떨며 분노를 억눌러야 했다.

* * *

'이제 곧 끝난다.'

이신의 표정에 여유가 가득했다.

앞선 대결의 패배 때는 적잖이 당혹감을 느껴야 했다.

똑같은 오크 창기병으로 말도 안 되는 위력을 내버리다니!

실시간 전략 시뮬레이션의 관점에서 서열전을 바라보던 이신으로서는 충격이었다.

사도에게 부여할 수 있는 무기·방어구·능력은 각각 하나뿐. 그것을 전부 갖춘다 해도 승부 전체에 중대한 영향을 끼칠 정도로 강해지는 건 아닐 터였다.

그런데 조아생 뮈라는 밸런스를 붕괴시킬 정도의 위력을 냈다.

그것은…….

'순전히 본인의 실력이라는 것이군.'

똑같은 오크 창기병도 조아생 뮈라가 빙의되어 싸우면 엄청난 활약을 펼친다.

과연 주먹 하나로 왕까지 된 사나이라고 해야 할까.

이신은 그의 싸움 실력에 혀를 내둘렀다.

'하지만 그것 하나로 서열전에서 매번 이길 수 있다면, 모든 악미군주가 그처럼 싸움 잘하는 계약자를 골랐겠지.'

암두시아스가 바보라서 자코모 카사노바를 계약자로 택했을까.

그런 개인의 용맹만 가지고는 한계가 있다.

'중후반이 넘어가 서로 규모가 커지면 개인의 용맹은 그 영향력이 미미해진다.'

그 때문에 이신은 초반에 무리할 정도로 디펜스에 열중했다.

시작부터 병영 2개를 중앙 지역에 지어 길목을 막아버린 것은 마력상의 손실을 감수한 결정이었다.

공간!

최영준과 겨루고서 깨달은 교훈을 고스란히 담은 디펜스 전략.

다소 무리를 하더라도 중앙을 먼저 점유할 필요가 있었다.

시작부터 거의 올인을 하다시피 중앙에 방어를 해놓은 결과, 조아생 뮈라는 그곳을 돌파하지 못하고 양옆의 샛길로 멀리 돌아갈 수밖에 없게 된 것이다.

그 덕에 조아생 뮈라가 공격에 나서려고 샛길로 빙 돌아갈 때, 이신은 중앙에 전진 배치된 궁병으로 하여금 그의 본진을 빈집 털이시킬 수 있었다

이동 거리가 훨씬 가깝기 때문에 조아생 뮈라가 샛길을 막아놓은 식량창고를 부술 때, 그의 본진에 게릴라를 펼칠 수 있었다.

결국 조아생 뮈라는 본진으로 돌아갈 수밖에 없는 상황이 되고 만 것이다.

공간을 장악해 시간을 빼앗는 가장 완벽한 디펜스.

직접 충돌을 피하면서 조아생 뮈라의 공격을 막아야 하는 조건을 모두 충족하는 전략이었다.

그렇게 시간을 번 틈을 타서 마력석 채집장을 늘려 나갔다.

그리고 이제 정면충돌을 한다 해도 이길 수 있을 정도의 전력이 마련되었다.

"소환해 주셔서 감사합니다, 계약자님!"

"명령을 받들겠습니다!"

12기의 기사가 이신 앞에 집결했다. 오크 창기병과 싸워도 능히 이길 수 있는 강력한 무장을 한 정예들이었다.

뿐만 아니라 마법사 2명에 투석기 2대까지 마련해 후방 화력

지원까지 완료.

"전진해라."

"옛!"

기사 12기와 마법사 2명, 투석기 2대가 일제히 출발했다.

전장 중앙에 배치된 다수의 궁병과 합세시켜 총공격에 나설 생각이었다.

'이만한 규모의 전투에서도 조아생 뮈라의 싸움 실력은 무시할 수가 없지만.'

조아생 뮈라도 이신의 교란 작전에 휘말려 갈팡질팡했지만, 이제 병력 키우기에 전념한 모습이었다.

더 방치하면 조아생 뮈라의 전력도 강해지게 되니 지금 승부를 봐야 옳았다.

*　　　*　　　*

웅크리고 있던 이신이 마침내 먼저 행동에 나섬으로서 격렬한 전투의 서막이 올랐다.

이신의 공격은 소리 없이 시작되었다.

눈앞에 나타나 정면 공격하는 방식은 싸움을 원하는 조아생 뮈라를 즐겁게 만들 뿐이었다.

그래서 이신은 그가 매우 싫어할 만한 방식으로 공격했다.

사정거리가 긴 투석기를 순차적으로 전진 배치시켜, 조아생 뮈라의 활동 폭을 좁혀 나가는 조이기였다.

투석기를 이용한 공간 점유.

조아생 뮈라는 뒤늦게야 자신의 목이 조여지고 있었다는 걸 깨달았다.

이신의 동태를 파악하기 위해 병력을 끌고 나왔다가 별안간 날아든 바위에 얻어맞은 것이다.

쿠웅!

"취익!"

제대로 머리를 얻어맞아 버린 오크 창기병 1기가 즉사해 버렸다.

놀란 조아생 뮈라는 즉시 다른 곳으로 이동했다.

그런데 가는 곳마다 투석기가 바위를 쏘는 것이었다.

결국 병력 피해를 입고서 본진에 되돌아와야 했다.

'이게 뭐야!'

비로소 그는 자신이 궁지에 몰렸다는 것을 깨달았다.

"이 자식이, 가만두지 않겠다!"

그는 말 머리를 돌려 왼편 샛길을 돌파해 이신의 본진을 치고자 했다.

본진은 오크 전사들을 남겨놓아 빈집털이당하는 걸 방지했다.

샛길을 막고 있는 식량창고를 파괴해 버리고 질주하는 조아생 뮈라의 기마군단!

그 방면에도 투석기가 배치되어 있어 바위가 계속 날아들었지만 그의 질주를 막지 못했다.

조아생 뮈라의 질주를 막은 것은 바로 기사들이었다.

기사들이 나타나 샛길을 가로막았고, 오른편 언덕 위에서는 궁병들이 모습을 드러냈다.

투석기도 계속 바위를 날리고 있으니, 조아생 뮈라는 여긴 싸울 만한 장소가 아니라는 것을 직감했다.

회군하여 본진에 돌아온 조아생 뮈라는 그제야 상대가 정말 만만치 않은 상대임을 깨달았다.

'마치 보나파르트 같잖아?'

포병과 기병, 보병의 상호 유기성으로 승리를 만들어냈던 나폴레옹을 떠올리며, 조아생 뮈라는 전율했다.

살아생전 작전지도를 들고 다니지 않는 걸 자랑스럽게 여겼던 조아생 뮈라.

그런 그도 나폴레옹의 천재성은 매우 신뢰했다. 왜냐하면,

—난 72악마군주의 한 사람인 벨리알. 너에게 선물과 지위를 줄 수도, 적이나 친구의 호의를 제공할 수도 있지. 대신 너는 아주 먼 훗날 나를 위해 싸워야 할 것이다.

벨리알에게 계약을 제안 받았을 때, 조아생 뮈라는 왕이 되고 싶다고 소원을 빌었다.

벨리알은 웃으며 말했다.

—어렵지 않군.

벨리알은 조아생 뮈라에게 나폴레옹의 호의를 얻게 해주었다.

나폴레옹은 그에게 나폴리의 왕위를 주었다.

그래서 조아생 뮈라는 그의 천재성을 신앙처럼 믿었다.

아내로 맞이한 나폴레옹의 여동생 카롤린이 오빠를 배신하라고 꼬드기지만 않았어도 비극은 일어나지 않았으리라.

상념에서 벗어난 조아생 뮈라는 피식 웃었다.

"미쳤군. 내가 감히 누구랑 비교를 하는 거지?"

조아생 뮈라의 끝장을 보기로 결심했다.

'정면으로 한 판 붙자!'

오크 창기병과 오크 궁기병을 결집시켰다.

그 앞에는 오크 전사들을 배치했다.

병력을 전진시켜 이신이 장악하고 있는 중앙 협곡 지역에 도착했다.

양옆의 샛길보다는 이 중앙 길목이 병력을 펼치기 좋다는 판단이었다.

이미 예상했는지 그곳에는 기사단과 마법사, 궁병, 투석기가 순차적으로 배치되어 있었다.

'좋아, 이게 내 취향이지.'

크고 화려한 전투를 직감한 조아생 뮈라는 기분이 좋아졌다.

"공격!"

오크 전사들이 먼저 돌진했다. 그들은 기마대를 위해 길을 열어주는 화살받이였다.

투석기가 쏜 바위에 짓이겨지고, 궁병들의 화살에 맞아가면서 오크 전사들은 돌진했다.

상대측 기사들은 오히려 최대한 뒤로 물러나며 오크 전사들과 충돌을 피했다.

일단은 오크 전사들이 바위와 화살에 맞아 충분히 피해를 입도록 기다리는 것이었다.

마침내 오크 전사들이 지척에 이르렀을 때였다.

"돌격!"

"계약자님을 위하여!"

"한 번에 밟아버려라!"

기사들이 비로소 그들의 특기 '돌격'을 실행했다.

순간적으로 증폭된 공격력으로 오크 전사들을 단숨에 분쇄해 버렸다.

그 날카로운 돌격 타이밍에, 기병 지휘의 명수 조아생 뮈라도 감탄할 정도였다.

'하지만 이미 돌격을 사용했지.'

조아생 뮈라도 오크 전사들을 희생시킨 보람을 얻었다.

기사들이 '돌격'을 사용해 에너지를 소모하기를 원했던 것이다.

"가자!"

조아생 뮈라는 자신의 사도인 오크 창기병 엑투스에게 빙의되었다.

오크 창기병과 오크 궁기병이 일제히 돌격하였다.

"가라! 조금도 물러서지 마!"

조아생 뮈라가 독려하며 앞장서서 돌격했다.

궁병들이 쏘는 화살이 빗발쳤지만 검을 휘둘러 쳐 내며 나아갔다.

오크 궁기병들도 뒤에서 활을 쏴서 기사들을 공격했다.

"죽여 버려!"

"두 놈, 아니, 세 놈까지 목 따고 만다!"

"반드시 전공을 세우겠어!"

기사들도 목숨을 도외시하고 불같이 달려들었다.

양측이 뒤엉켜 싸우기 시작했다.

그중에서도 검을 휘두르며 날뛰는 조아생 뮈라의 활약은 단연 돋보였다.

슈칵!

조아생 뮈라는 멋지게 칼을 찔러 넣어 기사 한 명의 목을 꿰뚫었다.

긴 랜스를 들고 있는 기사들에게 가까이 파고들어 검을 휘두르는 조아생 뮈라. 기사들과 한데 얽혀 있어 뒤에서 궁병들도 쉬이 그를 노리고 화살을 쏘기 힘들었다.

그의 활약에 힘입어 기사들이 하나둘 쓰러져 나갔고, 오크 군세가 휴먼의 방어선을 밀어내는 듯했다.

그런데 그때, 보다 못한 기사 한 명이 조아생 뮈라에게 덤벼들었다.

카앙!

조아생 뮈라는 찔러 들어오는 랜스를 쳐 냈다.

'응?'

랜스에 실린 묵직한 힘에 흠칫한 조아생 뮈라.

하지만 오크의 기본적인 완력은 인간을 능가한다. 게다가 그가 사도로 택한 오크 창기병 엑투스는 유달리 힘이 센 오크였다.

어렵지 않게 공격을 받아친 조아생 뮈라는 가까이 접근해서 반격을 가했다.

까앙! 캉!

그런데 기사 또한 그의 검술을 능히 받아 넘기는 것이었다.

전형적인 유럽인처럼 생긴 기사는 랜스를 능수능란하게 쓰고 있었다.

"제법이군!"

기사는 대꾸하지 않았다. 그저 스산한 눈빛으로 그를 노려볼 뿐이었다.

몇 번의 공방이 이어졌다.

조아생 뮈라는 일개 기사 하나가 자신의 공격을 계속 막아내고 있자 당혹감을 느꼈다.

조아생 뮈라가 일방적으로 몰아붙이는 상황이긴 했지만, 아슬아슬하게 막아내며 자신을 묶어두는 모습이 놀라웠다.

"이름이 뭐냐?"

"네게 반말을 들을 사람은 아니지."

"뭐?"

기사는 더는 말하지 않았다.

공방이 계속 이어졌다.

조아생 뮈라가 기사 한 명에게 붙잡히면서 활약을 떨치지 못하니, 오크들의 공세도 덩달아 주춤했다.

투석기가 계속 바위를 쏴서 오크들이 진형을 갖추지 못하게 방해했다.

궁병들은 대장간의 무기 업그레이드와 함께 석궁병으로 진화하여 아까보다 더 위협적인 볼트를 쏴댔다.

오크 진영에서 계속 새로 소환된 오크 창기병이 충원되었지만, 중앙 협곡의 디펜스는 쉽게 깨어지지 않았다.

그리고 승부의 균형이 한순간에 무너졌다.

[적의 공격을 받았습니다!]

"뭣!"

조아생 뮈라는 갑작스런 안내음에 기겁을 했다.

본진의 상황이 그의 머릿속에 전달되었다.

전장 곳곳에 배치되었던 투석기들이 조아생 뮈라의 본진을 향해 모여든 것이었다.

바위가 사방에서 날아들어 본진을 강타했다. 건물을 부수고 일하는 오크 노예들을 죽였다.

막 소환된 오크 창기병이 바위에 정통으로 얻어맞아 목뼈가 부러져 즉사하기도 했다.

"제길, 철군!"

그냥 이대로 최후의 일전을 치르다가 패배하자는 자포자기의 심정이 들 법도 했다.

하지만 조아생 뮈라는 정신력이 강한 인물이었다. 그는 끝까지 포기하지 않았다.

'일단 본진을 타격하는 투석기들부터 빠르게 걷어내자.'

조아생 뮈라는 기마대로 빠르게 휘몰아쳐 투석기부터 제거

했다.

그사이, 이신은 마침내 진군을 명령했다.

기사들과 석궁병들, 마법사 4명과 투석기들이 일제히 전진을 시작했다.

어마어마한 물량이었다.

적이 협곡에서 나오자 오히려 싸울 만하다고 생각했던 조아생 뮈라는 그만 말문이 막히고 말았다.

'저렇게 많다고?!'

어마어마한 물량 공세에 조아생 뮈라는 기가 막혔다.

마력 채집량의 차이가 마침내 극단적인 병력 격차로 나타난 셈이었다.

저런 병력을 꽁꽁 숨겨두고서 완벽해질 때까지 시간을 끌어온 이신.

그 상대의 수완에 조아생 뮈라는 그만 웃고 말았다.

"하하, 완벽하게 졌군!"

자신이 아무것도 해보지 못하고 패배했으니, 패배를 인정하지 않을 수가 없었다. 완벽한 상대의 솜씨에 경의를 표할 수밖에.

하지만 그냥 질 생각은 없었다.

조아생 뮈라는 마지막까지 화려하게 장식하기 위해 돌격했다. 부나방처럼 그의 기마대가 산화하였다. 조아생 뮈라만이 이리 뛰고 저리 뛰며 좌충우돌 싸웠다.

한편…….

'그랬군.'

이신은 놀라운 발견을 했다.

바로 저 무시무시한 조아생 뮈라를 능히 상대해 냈던 한 기사였다.

밀리긴 했으되 치명타를 허용하지 않고 끈질기게 물고 늘어졌다.

유럽 최강의 사나이.

삼국지로 비유하면 여포나 다름없는 조아생 뮈라의 강력함을 생각하면 실로 대단한 일이었다.

그것을 보며 이신은 맹장의 한계를 깨닫게 되었다. 비단 전략·전술적 면모의 부족함뿐만이 아니었다.

'지옥에서 소환된 이들 중에서도 용맹한 자는 있다!'

그랬다.

굳이 계약자가 잘 싸울 필요가 없다.

조아생 뮈라만큼 잘 싸우는 인물을 찾아 사도로 임명하면 된다!

상대만큼 잘 싸우는 사도를 보유했다면, 남은 것은 누가 더 치밀한 전략을 구사하느냐였다.

'일단 저자의 이름을 알아내야겠군.'

이신은 그 기사를 따로 불러냈다.

적수가 없어지자 조아생 뮈라는 미쳐 날뛰다시피 했지만, 어차피 승부는 이겼으므로 마음껏 활약하게 놔두었다.

"부르셨습니까."

기사가 이신 앞에 나타나 공손하게 예를 갖췄다.

"이름이 뭐지?"

"…질 드 레입니다."

"질 드 레라, 못 들어본 이름이군."

이신은 대수롭지 않게 대꾸했다.

그런데 질 드 레라고 스스로를 소개한 인물이 말했다.

"저를 사도로 임명해 주신다면 300마력을 훨씬 능가하는 값어치를 해보이겠습니다."

"잘 아는군?"

사도 임명에 300마력이 필요하다는 사실까지 알고 있자 이신은 의외라는 표정이 되었다.

기사 질 드 레는 씁쓸하게 말했다.

"한때는 계약자였습니다."

"뭐?!"

이신은 깜짝 놀랐다.

"악마군주 엘리고르의 계약자였다가 패전을 거듭하는 바람에 계약 해제를 당했습니다. 제가 본래 가야 할 곳은 지옥이더군요."

"계약자 출신이라면 여러 상대와 서열전을 치러봤겠군."

"상위권의 악마군주들 십여 명 정도와 서열전을 치러보았습니다. 제가 많은 도움이 될 겁니다."

이신은 잠시 생각을 해보았지만, 사실 고민할 필요도 없었다.

조아생 뮈라에게 대적한 무력만으로도 사도로 삼을 만했다.

그런데 뜻밖에도 계약자였다고 하니 여러 가지로 쓸모가 많을 터였다.

"좋다."

"감사합니다! 후회하지 않으실 겁니다!"

질 드 레의 얼굴이 밝아졌다.

*　　　　*　　　　*

[악마군주 벨리알 님의 계약자 조아생 뮈라 님께서 패배를 선언하셨습니다. 악마군주 그레모리 님의 승리입니다.]

[악마군주 그레모리 님께서 마력 2만을 획득하셨습니다.]

[마력 총량 11만 9천으로 악마군주 그레모리 님께서 서열 70위가 되셨습니다.]

[마력 총량 9만으로 악마군주 벨리알 님께서 서열 71위가 되셨습니다.]

"크아아아!"

벨리알은 그가 타고 있는 활활 타오르는 전차의 바퀴처럼 분노했다.

조아생 뮈라는 겸연쩍은 듯 머리를 긁적일 뿐이었다.

그래도 그는 카사노바와 달리 자신의 처분을 그다지 걱정하는 눈치가 아니었다. 배팅을 잘못했을 뿐, 그는 여전히 높은 승률을 기록하고 있는 계약자였기 때문이다.

한동안 분노를 터뜨린 벨리알은 매서운 눈으로 이신을 노려보았다.

"나는 악마군주 벨리알, 너에게 선물이나 지위……."

"마력."

"……!"

이신이 잘라 말하자 벨리알은 꿀 먹은 벙어리가 되었다.

곧 벨리알의 무서운 눈빛이 쏟아졌지만, 그레모리가 손을 잡고 보호해 주어서 겁먹지 않았다.

"망할 놈, 언젠간 크게 쓴맛을 보게 될 것이다."

[900마력을 획득하셨습니다.]

"질 드 레를 사도로 임명한다."

이신이 말했다.

[질 드 레를 사도로 임명하시겠습니까? 300마력이 소모됩니다.]

"하겠다."

[질 드 레를 사도로 임명했습니다. '사도 명단'이라고 말씀하시면 자세한 내용을 확인하실 수 있습니다.]

그렇게 또 한 명의 사도가 추가되었다. 그런데 뜬금없이 그 말을 들은 조아생 뮈라가 놀라는 것이었다.

"질 드 레? 어이, 지금 질 드 레라고 했나?"

"그런데? 알고 있나?"

"프랑스 사람이 질 드 레를 모를 리 있나! 와하하, 그 사람 역시 지옥에 있었군! 그럼 아까 내 공격을 잘 막아내던 그 기사가 그 양반인가? 하하하!"

"어떤 사람이지?"

"백년전쟁을 프랑스의 승리로 이끈 사람이지. 그 유명한 잔 다르크와 함께 말이야."

'생각보다 훨씬 거물이군.'

성녀 잔 다르크와 함께 나라를 구한 인물이니 말이다.

하기야 그 정도 되는 사람이었으니 한때나마 악마군주의 계약자로 선택되었던 것이리라.

그런데 조아생 뮈라는 씨익 웃으며 말을 이었다.

"그리고 어린 남자아이를 수없이 납치해 겁탈하고 살해한 악마 같은 작자였지."

"……."

"아주 멋진 사도를 얻으셨군, 크하하!"

그러면서 조아생 뮈라는 벨리알과 함께 먼저 사라져 버렸다.

이신은 계속 남아 사도 관리를 했다.

크리스토퍼 콜럼버스(휴먼, 노예)

무기 : 없음

방어구 : 가죽 부츠(이동 속도 +5%)

능력 : 없음

질 드 레(휴먼, 기사)

무기 : 없음

방어구 : 없음

능력 : 없음

그렇게 질 드 레가 이신의 사도로 편입하였다.

'로빈 후드를 사도로 삼지 않기를 잘했군.'

질 드 레 같은 계약자 출신의 거물을 보니, 로빈 후드를 사칭한 강도단 두목 출신 따위는 눈에 들어오지 않았다.

물론 조아생 뮈라의 말에 따르면 무척 흉악한 짓을 했다고 하지만, 능력 본위로 보는 이신으로서는 그런 걸 신경 쓰지 않았다.

'어차피 지옥이다. 나쁜 놈들인 건 누구나 마찬가지지.'

아무튼 이제 남은 마력은 660.

질 드 레에게 무기나 방어구를 줄까 고민하던 이신은 이내 고개를 저었다.

'또 유능한 자가 나타날지 모르니 아껴둬야겠군.'

일단은 그렇게 사도 관리를 마쳤다.

"이제 끝났나요?"

기다려 주고 있었던 그레모리가 물었다. 이신은 고개를 끄덕였다.

"예."

"좋은 사도를 얻으셨나 보죠?"

"질 드 레라는 인물인데, 한때 계약자였다고 합니다."

"어머, 잘됐네요. 질 드 레라, 확실히 들어본 이름이네요."

"엘리고르라는 악마군주의 계약자였다고 합니다."

"어머, 엘리고르의 계약자였다면 굉장히 상위권 서열에서 싸우던 자네요. 나름 유능했던 자였을 텐데, 운이 안 좋았네요. 상위권의 실력은 하나같이 상상을 초월하거든요."

그녀는 손뼉을 치며 말을 이었다.

"아무튼 계약자 출신이라니 잘됐어요. 앞으로 그자를 카이저의 연습 상대로 삼으면 되겠어요."

"…그게 가능합니까?"

"가능하고말고요."

새로운 사실에 이신은 놀라움을 금치 못했다.

사실 그동안 연습 상대가 되어주었던 그레모리는 실력이 너무 수준 미달이라 제대로 된 준비가 못 되었다.

이제는 다른 연습 상대가 생겼으니 보다 수월하게 다음 서열전을 대비할 수 있으리라.

'그처럼 유능한 인물들을 많이 모으면 작전을 구상할 때 내 참모진처럼 쓸 수 있겠군.'

그리고 그렇게 참모진을 키워놓으면, 자신이 10승을 달성해 계약 해제를 요구하더라도 그레모리가 그를 대체할 계약자를 찾지 못해 곤란할 일은 없을 터였다.

현재까지 이신의 서열전 성적은 3승 1패였다.

제5장

새로운 영역

마계에서 돌아와 보니 집이었다.

눈앞에 있는 모니터 화면에서는 여전히 최영준의 개인방송 녹화 영상이 재생되고 있었다.

'고맙군.'

이신은 최영준에게 감사를 표했다.

최영준과의 대결에서 얻은 교훈으로 조아생 뮈라라는 강적을 꺾을 수 있었다.

더불어 이신에게 '공간'이라는 화두를 던져 주었다.

그것을 완전하게 터득하기만 한다면, 이신은 보다 발전할 수 있을 것이다.

그런 고민이 필요하지 않았던, 무결점의 전성기 시절보다도 더 수준 높은 플레이!

그야말로 스페이스 크래프트, 인류의 끝을 보게 될 것이다.

*　　　　*　　　　*

2020년 월드 SC 그랑프리.

전 세계 e스포츠 팬들이, 그리고 특히 한국 e스포츠 팬들이 기다려 온 축제가 막이 내렸다.

실망스럽게도 쌍성전자는 단체전에 출전하여 8강의 문턱을 넘지 못한 채 좌절했다.

하지만 단체전은 늘 그랬듯 메달권에 진입해 본 경우가 없었으므로 팬들은 그다지 기대하지 않았다.

한국 팬들의 관심사는 세계 최고의 프로게이머를 가리는 꽃 중의 꽃, 개인전이었다.

올해는 매년 금메달을 당연하게 따왔던 이신이 없었지만, 대신 그의 최강 계보를 잇는 신흥 강자가 더 많아졌다.

최영준, 박영호, 황병철 등 이신에 비견되는 그들이 금·은·동 메달을 휩쓸어 e스포츠 종주국으로서의 자존심을 지켜주기를 바랐다.

하지만 결과는 실망스러웠다.

황병철 예선 탈락.

최영준 동메달.

박영호 은메달.

메달 두 개를 땄으니 꼭 나쁜 성적이라고 볼 수만은 없었다.

특히 준결승에서 운명처럼 만난 박영호와 최영준은 전 세계 팬들이 지켜보는 앞에서 쌍영전을 펼쳐 라이벌 매치다운 치열한 명승부를 보여주었다.

프로리그에서는 최영준에게 밀렸던 박영호였지만, 준결승 다전제에서는 특유의 철벽 수비와 무한 확장을 펼쳐 최영준의 물량 공세를 막아냈다.

그러나 그런 박영호가 정작 결승전에서는 프랑스 선수 엔조 주앙(Enzo Juan)을 만나 거짓말 같은 1승 3패를 기록했다.

최영준은 3, 4위전에서 미국 선수 마이클 조셉(Michael Joseph)을 만나 쌍영전 못잖은 혈투 끝에 3승 2패로 간신히 동메달을 얻었다.

충격적인 것은 금메달을 거머쥔 프랑스의 엔조 주앙과 4위인 미국의 마이클 조셉의 플레이 스타일이 이신과 꼭 닮았다는 점이었다.

끊임없는 견제로 상대를 갉아나가는 플레이!

21세의 백인 미남자 엔조 주앙은 상대 심리를 흔드는 재치 있는 속임수와 정교한 컨트롤을 선보여 올해 최고의 스타가 되었다.

19세 흑인 청년 마이클 조셉은 초스피드의 템포로 알고도 막기 힘들 정도의 견제를 폭풍처럼 퍼부었다.

마치 전성기 시절의 이신의 역량을 반씩 나눠가진 듯한 두 선수의 실력.

한국은 금메달 좌절에 실망하면서도 동시에 충격을 느꼈다.

—이신의 후계자는 한국에 없었다.
—한국 4년 연속 개인전 금메달 좌절.
—한국 e스포츠의 현주소!
—(칼럼)이신이라는 달콤한 꿈에서 깨어난 한국.
—개인전 금메달 佛 엔조 주앙 "한국을 꺾어 더욱 기쁘다"
—금메달 엔조 주앙·4위 마이클 코어, 선진적인 인프라의 승리. 한국은?
—미국·프랑스 비롯한 세계 각국, 이미 수년 전부터 이신 분석·학습해.

e스포츠의 가능성을 보고 막대한 자본을 투자한 선진국의 인프라는 과연 무서웠다.

전성기 시절의 이신의 실력을 구현해 내기 위해 그들은 아낌없는 투자를 감행했다.

의료팀이 반사 신경과 멀티태스킹 훈련 프로그램을 짰고, 수학자들이 대거 포함된 전략팀이 상대를 초 단위까지 낱낱이 분석해 대응 전략을 내놓았다.

그들의 과학적인 시스템은 결국 '민족 특성'이라고까지 불렸던 한국의 수준을 능가해 버렸다.

실망한 팬들의 관심은 단연 이신에게로 모여졌다.

—ㅉㅉㅉㅉ 결국 이리 될 줄 알았지.

—포스트 신이 어쩌고 하더니 ㅋㅋㅋ

—엔조 존나 잘하더라. 잘생긴 것까지 이신 후계자 같았음.

—조셉도 잘하던데. 흑인의 순발력과 반사 신경 ㄷㄷ

—내년에는 조셉이 짱 먹을 듯. 이제 e스포츠도 흑형들의 시대인가!

—아, ㅆㅂ 금메달 당연히 딸 것처럼 떠들더니! 존나 기대했잖아!

—우리나라에는 단절된 이신 스타일이 양놈들이 가져가 버렸네. 우리나라는 대체 뭘 한 거냐?

—박영호 1세트 승리했을 때 조낸 좋아했는데 그 뒤로 내리 3패 ㅋㅋㅋ

—아 암 걸릴 뻔 ㅠㅠ

—이신 없으니까 금메달 못 따는구나.

—쌍영이 이신 넘어섰다니 어쩌니 헛소리할 때부터 알아봤다.

—외국에서는 이신 따라 하려고 기를 쓸 때, 우리나라는 이신을 잊으려고 기를 썼잖아. 그래서 포스트 신이 어쩌고 하면서 쌍영이랑 황병철 존나 밀어준 거고.

—신이시여, 돌아오소서.

—저희는 너무 나약하고 보잘 것 없습니다. 어서 복귀하셔서 금메달을 주소서! 아멘!

—그 와중에 황병철 예선 탈락 잼 ㅋㅋ

—황병철 그 새낀 기대도 안 했음.

—황병철 팬들 ㅂㄷㅂㄷ 중 ㅋㅋ

역시 이신밖에 없다.

한국 e스포츠는 아직 이신이 필요하다.

그렇게 여론이 들끓자, 이신의 출근길에 꼬여드는 기사들과 팬들의 숫자는 나날이 늘어났다.

아침 출근길부터 포위당한 이신은 눈살을 찌푸리며 인터뷰에 응해야 했다.

“이신 선수, 이번 한국 대표 선수들의 개인전 성적에 대해 어떻게 생각하십니까?”

“대체로 잘했다고 생각합니다.”

“금메달을 획득하지 못했는데 잘했다는 겁니까?”

“은메달과 동메달을 딴 선수들한테 못했다고 말하는 게 더 웃깁니다.”

이신의 말에 질문한 기자는 꿀 먹은 벙어리가 되었다.

다른 기사들이 계속 질문했다.

“박영호 선수가 결승전에서 엔조 주앙 선수에게 1승 3패로 완패했는데, 이 시합을 어떻게 보셨습니까?”

“디펜스는 좋았지만 맵의 구조에 대한 이해력이 떨어졌습니다. 그 때문에 기동포탑의 사거리를 이용한 견제에 대해 빈틈이 드러났는데, 사실 맵 구조 연구는 팀 차원에서 훈련하는 것이기 때문에 소속 팀의 수준에서 차이가 발생했다고 보여집니다.”

“엔조 주앙 선수의 스타일이 이신 선수를 꼭 닮았던데, 이에 대해서는 어떻게 생각하십니까?”

“닮았다고 생각합니다.”

좌중이 웃음바다가 되었다. 아직 이신에 대해 잘 모르는 기자의 질문이었다.

“황병철 선수의 예선 탈락에 대해서는 어떻게 생각하십니까?”

“맛이 갔죠. 걘 뭐가 문젠지 모르겠습니다.”

기자들이 ‘월척’을 건졌다는 듯이 눈을 번뜩이고는 열심히 받아 적는다.

“요번 그랑프리의 성적 부진으로 팬들이 이신 선수의 복귀를 바라고 있는데요, 선수 복귀는 언제쯤 하실 예정입니까?”

“요번 그랑프리에서 한국 대표 선수들은 성적은 부진하지 않았습니다. 금메달은 못 땄지만 대단히 수준 높은 경기력을 보여주었습니다.”

“선수 복귀는 언제이십니까?”

“……”

이신은 잠시 대답을 하지 못하고 망설였다.

기자들 사이에서 긴장감이 감돌았다.

무언가 굳게 결심한 듯, 이신이 말문을 열었다.

“이른 시일 내에.”

“예?!”

“복귀하시는 겁니까?”

“그럼 이번 시즌 후반기에……!”

이신은 기자들을 뿌리치고 방송국으로 들어가 버렸다.

—이신 “박영호, 최영준 그만하면 잘한 편”

—“박영호 결승 패배는 소속 팀이 문제” JKT 비판한 이신.

—이신, 황병철에 직격탄 "맛이 갔다"

—이신 "선수 복귀는 조만간"

"인마, 너 정말 이렇게 말했어?"

방진호 감독이 물었다.

뉴스 제목을 훑어본 이신은 고개를 끄덕였다.

"예."

"선수 복귀 조만간 한다는 것도?"

"예."

방진호 감독은 덥석, 이신의 손목을 붙잡아 자기 눈앞에 끌어당겼다.

손목을 이리저리 살피는 방진호 감독.

스킨십을 싫어하는 이신은 눈살을 찌푸렸다.

"다 나았어?"

"거의."

방진호 감독이 날카로운 눈으로 이신을 바라보았다.

"지랄한다. 손목은 한참 전에 나았던 거지?"

"아닙니다."

"웃기지 마, 내가 널 몰라? 손목은 다 나았는데 그놈의 완벽주의 때문에 복귀를 미루고 준비한 거 아냐."

정확한 지적이었다.

아이로니컬하게도 이 세상에서 이신을 가장 잘 이해하는 사람은 앙숙이었던 방진호 감독인 것이다.

"왜 말이 없어?"

"조만간."

"뭐?"

"조만간 1군 테스트하죠."

"주디 얘기야?"

"주디가 아닙니다."

"그럼……."

의문을 표한 방진호 감독의 얼굴이 점차 경악으로 물들었다.

"너냐?"

"예."

"10명과 붙어서 승률 100% 나오면 복귀하겠습니다."

"승률 100%? 너 지금 잠꼬대 하냐? 50% 넘으면 바로 복귀해, 이 새꺄."

"그건 제 마음이라고 계약에도 명시되었을 텐데요."

"……!"

그랬다.

경기 출전 여부는 본인의 동의가 있어야 한다고 계약상 명시되어 있었다.

"조금 양보해도 승률 90%입니다. 싫으면 계약을 파기하든가."

방진호 감독은 인상을 쓰더니 이윽고 뭔가가 떠올랐다는 듯이 소리쳤다.

"Player_SIN 그거 너지, 이 새꺄!"

"저 아닙니다. 걘 진짜로 누군지 모르겠습니다."

"너 맞잖아!"

"아니라는데 왜 이렇게 끈질깁니까?"

"끈질겨? 그거 그 새끼가 나한테 굉장히 많이 하는 소린데?!"

"저 아닙니다. 이럴 시간에 그 친구 영입할 궁리나 하십시오."

방진호 감독은 걸리면 죽는다는 눈빛으로 이신을 노려보았다. 물론 이신은 눈 하나 깜짝하지 않았다.

*　　　*　　　*

주디는 아마추어대회에 참가했다.

매달 개최되는 아마추어대회에 두 번째로 참여한 주디는 지난 달과는 전혀 딴판이었다.

이신의 가르침으로 실력이 급격히 성장한 주디는 단 한 세트도 지지 않고 연승 행진을 이어나갔다.

양민 학살이라는 테마로 이신에게 훈련을 받은 주디.

그런 그녀에게 아마추어리그는 그야말로 학살 축제나 다름없었다.

소속된 B조에서 우승을 차지하여 준프로 자격을 획득한 주디는 각 조별 우승자끼리 겨루는 플레이오프에서도 통합 우승을 차지하는 기염을 토했다.

각 조의 우승자들은 하나같이 프로 팀 소속의 연습생이기에 마냥 쉽다고 할 수 없는 난이도였는데, 주디는 이번에도 한 세트도 지지 않았다.

아마추어리그에서 우승한 외국인 미소녀!

게다가 함께 온 전담코치는 다름 아닌 이신.

최근 다시 주목받는 이신이기에, 그런 그와 함께 있는 주디는 큰 화제가 되었다.

*　　　　*　　　　*

"요즘 들어 왜 이렇게 날 귀찮게 하는 거야?"

용산 e스포츠 센터를 간신히 빠져나오면서 이신이 투덜거렸다.

주디와 함께 아마추어대회에 온 그는 기자들과 팬들에게 붙잡히는 바람에 고생을 해야 했다.

그렇지 않아도 조만간 선수 복귀를 한다는 말에 난리가 난 한국이었다.

그런 시기에 이신이 e스포츠 센터에 나타났으니 당연히 못 알아보는 사람이 있을 리 없었다.

하지만 주디는 뭐가 그렇게 좋은지 싱글거리고 있었다.

아마추어리그 종합우승을 차지했으니 당연한 일이었다.

게다가 사인과 카메라 촬영과 인터뷰를 요청하는 인파를 헤치고 빠져나가느라 이신과 손을 꼭 잡고 있었던 것이다. 그건 우승보다도 주디를 기쁘게 했다.

"정말 운전을 하든지 해야겠군."

콜택시 어플로 택시를 부르면서 이신은 투덜거렸다.

차가 없으니 이럴 때는 힘들었다. 택시를 타러 밖에 나갈 때 사람들에게 노출될 수밖에 없었다.

전성기 시절에도 이 정도까지는 아니었는데, 갑자기 왜 이렇게 세간의 관심이 높아진 건지 알 수 없었다.

이신은 운전을 진지하게 고민하기 시작했다.

'직접 운전대를 잡고 있는 것도 귀찮은데.'

바로 그때였다.

"코치님."

"응?"

"저 차 있어요."

"차가 있다고?"

"지금 부를게요."

주디는 생글거리며 어디론가 문자 메시지를 보냈다.

잠시 후, 리무진이 도착했다.

"아가씨, 오늘은 어떠셨습니까?"

"우승했어요."

"오, 잘됐군요."

두 사람의 대화는 영어였던 탓에 이신은 알아들을 수 없었다.

다만 이신은 외국인 운전사를 빤히 바라보며 '바로 이거다' 하는 표정을 짓고 있었다.

*　　　*　　　*

2020년 후반기 시즌이 다가옴에 따라 이신도 바빠졌다.

선수 복귀를 위해 경기력을 끌어 올려야 했고, 그러면서도 팀의 코치로서도 일해야 했다.

아마추어대회에서 종합 우승을 차지한 주디는 신인 드래프트에서 MBS팀의 우선 지명을 받아 선수 계약을 하게 되었다.

일단은 2군 계약이었지만 주전 출전 시 연봉 재협상을 하기로 했다. 아마도 올해 후반기 프로리그 시즌에는 데뷔를 하게 될 예정이었다.

이미 일취월장하여 자신의 스타일을 확립한 주디였기에, 이신이 아바타처럼 조종하지 않아도 안정적인 플레이가 가능했다.

이제 주디는 이신이 더 가르칠 부분이 없었다.

정확히는 가르친다고 실력이 늘 단계가 아니었다.

무수한 실전을 통해 경험이 쌓이는 일만이 남은 셈이었다. 문제에 부딪치고 스스로 극복해 나가면서 말이다.

주디가 안정화되자 방진호 감독은 이신에게 새로운 일거리를 맡겼다.

"팀 분석?"

"인류 대 신족이랑 인류 대 괴물, 두 가지를 맡아. 이 두 종족을 이길 수 있어야 우리 팀의 인류 라인이 보강된다."

스페이스 크래프트의 종족 간의 상성은 다음과 같았다.

인류〉괴물, 괴물〉신족, 신족〉인류.

즉, 프로리그에서는 괴물 선수를 노리고 인류를 출전시키며, 반대로 상대 팀은 이쪽의 인류 선수를 노리고 신족 선수를 출전

시킨다.

MBS팀의 부진은 인류 라인의 약세가 큰 원인으로 작용했다. 에이스였던 신지호가 없는 이상 그 약점이 더욱 뚜렷해졌다.

인류 선수로 하여금 괴물을 상대로 확실하게 이길 수 있고, 신족을 만나더라도 쉽게 지지 않는다면, 그 약점은 보강된다고 봐야 했다.

게다가 국내 최고라 일컬어지는 쌍영과 황병철 등 3인은 신족과 괴물.

이신이 선수로 복귀했을 때, 다시 권좌에 오르려면 그들을 꺾어야 한다.

방진호 감독은 그런 복합적인 의미로서 이신에게 주문을 한 것이다.

"좋습니다."

이신은 그 지시대로 신족과 괴물을 연구하기 시작했다.

일단은 월드 SC 그랑프리를 보며 박영호와 최영준의 경기를 훑어보았다.

괴물과 신족을 분석하려면 이 두 사람을 보는 게 옳았다.

이러니저러니 말은 많아도, 이 둘은 은메달과 동메달을 차지해 자신들의 실력을 국제무대에서도 증명했다. 괴물과 신족의 최신 트렌드 그 자체라 할 수 있었다.

마침 참고할 만한 자료가 있었다.

개인전 결승에서 박영호를 침몰시킨 금메달리스트 프랑스의 엔조 주앙.

2승 3패로 최영준과 접전을 펼치고서 개인전 4위가 된 미국의 마이클 조셉.

마침 이 둘은 인류 플레이어였다.

그것도 대놓고 이신을 꼭 닮은 스타일. 아예 소속 팀에서 작정을 하고 그렇게 키웠다고밖에 볼 수 없었다.

엔조는 스타일리시했다.

화려한 컨트롤 기교와 상대가 약할 때 과감하게 승부에 나서는 타이밍이 있었다. 거기에 수려한 외모까지, 어딜 보나 팬들이 좋아할 수밖에 없는 스타였다.

하지만 1세트.

이신은 그런 엔조 주앙이 박영호의 과감한 5벌레 빌드에 당한 점에 주목했다.

박영호는 일벌레를 5마리만 뽑고 바로 바퀴 6마리를 뽑아 돌진했다.

상대는 아직 건설로봇들밖에 없는 취약한 상황.

그러나 상대의 숨통을 끊어놓지 못하면 100% 패배할 수밖에 없는 극단적인 빌드 오더였다.

엔조 주앙은 맥없이 당했다.

'컨트롤이 약한데.'

이신은 세간에 널리 알려진 이미지와 반대로 엔조 주앙의 실체를 간파했다.

이번 대회에서 보여준 그의 화려한 컨트롤은 말 그대로 기교성이 강했다.

가장 중요한 건설로봇의 블로킹이 약했다.

그래서 바퀴 6마리를 본진 안으로 들어오도록 허용하고 말았다.

취약한 디펜스.

맥없이 패배한 엔조 주앙.

하지만 그 뒤의 2세트부터는 전혀 딴사람이 되었다.

박영호가 가장 약한 타이밍에 견제를 감행했다.

박영호의 디펜스에서 가장 취약한 부분을 알고 그쪽을 정확하게 찔러 들어왔다.

견제 플레이에 계속 당한 박영호는 그때부터 엔조 주앙에게 심리적으로 말려들었다.

3세트, 4세트, 연속으로 패배해 결국 박영호는 5벌레 빌드를 쓴 1세트 말고는 전패한 굴욕을 겪었다.

마치 극단적인 5벌레 빌드가 아니면 엔조 주앙을 이기지 못하는 하수처럼 비춰진 것이었다.

한국 팬들이 분노한 게 바로 이러한 모습 때문이었다. 혈투 끝에 최영준을 꺾어낸 그 실력을 제대로 발휘하지 못한 것이다.

'이건 박영호가 못했다기보다는 엔조 주앙의 소속 팀이 너무 잘했다.'

엔조 주앙이 아닌, 그의 소속 팀이었다.

그의 소속 팀의 전략팀이 박영호를 너무나 잘 분석해 버렸다.

전략팀의 오더대로 엔조 주앙은 미리 학습한 박영호의 약점을 찔렀을 뿐이었다.

'아마 더 붙었으면 박영호가 이겼겠지.'

박영호와 엔조 주앙의 역량에 대해 이신은 그렇게 결론을 내렸다.

오히려 더 무서운 외국 선수는 바로 최영준과 격전을 치른 마이클 조셉이었다.

저 괴물 같은 물량을 뽑아내는 최영준을 시종일관 몰아세우는 엄청난 견제력!

견제로 최영준의 자원 줄을 말려 물량을 억제시키기란 쉽지 않았다.

최영준은 디펜스도 수준급이었고, 아무리 피해를 입어도 엄청난 자원 최적화로 어떻게든 쥐어짜 병력을 마련하고야 만다.

피지컬이 대단했다.

최영준을 정신 못 차리게 만드는 빠른 템포도 일품이었지만, 장기전으로 치닫는데도 전혀 수그러들지 않는 공격성이 압권이었다. 장시간 집중력을 잃지 않을 정도로 체력이 대단하다는 뜻이었다.

하지만 결국 최영준은 승리했다.

'견제만 가지고는 역시 한계가 있다.'

맵 전체를 보는 넓은 시야.

맵을 넓게 장악해 상대의 공격 경로를 축소시켜 버리는 대국적인 포진을 펼치는 최영준.

말도 안 되는 피지컬로 시종일관 공격을 퍼붓는 마이클 조셉도 무서웠지만, 결국 최영준은 이겨냈다.

'박영호는 어떻게 공략해야 할지 알겠는데, 문제는 역시 최영준이군.'

박영호는 약점이 뚜렷했고, 그렇기에 그런 자신의 약점을 보완하기 위해 갈고 닦은 디펜스가 철벽괴물이란 별명으로 나타난 것이다.

하지만 최영준은 정말로 무서운 타입이었다.

사소한 부분은 놓쳐도 큰 것을 가져가는 스타일이라고 해야 할까?

소수 유닛 컨트롤은 뛰어나지 않지만, 대병력 컨트롤에 탁월하다.

사소한 부분에 있어서 손해를 입곤 하지만, 장기적인 이익은 반드시 챙겨간다.

빈틈은 있지만 맵 전체를 장악하고 경로를 원천봉쇄하는 근본적인 디펜스를 펼친다.

게임을 크고 길게 보는 지배자의 플레이!

그 누구와 싸워도 100전을 붙으면 결국 그중 60승 이상은 하게 되어 있는 스타일이었다.

'내가 배우고 싶군.'

남에게 감탄해 본 적은 오랜만이었다. 그런데 이신은 뭔가가 벼락같이 떠올랐는지, 멍하니 중얼거렸다.

'배워?'

*　　　　*　　　　*

MBS의 2군 선수 정다울은 늦은 시간까지 연습실에 있었다.

물론 늦게까지 남아 개인 훈련을 하는 건 아니었다. 그런 피나는 노력이 있었으면 아마 지금쯤 벌써 1군이 되었으리라.

정다울은 인터넷 e스포츠 커뮤니티를 돌아다니며 노닥거리고 있었다.

가끔 웃기는 글이 올라오면 히죽거리기도 하고, 때때로 MBS의 2군 선수라는 장점을 이용해 프로게이머들에 대한 정보를 풀기도 하면서 시간을 보내고 있었다.

지금은 자유 시간이었기 때문에 정다울에게 뭐라고 하는 사람은 아무도 없었다.

커뮤니티는 현재 이신의 선수 복귀에 대해 지대한 관심을 보이고 있었다.

대체로 다들 우려와 기대를 동시에 하고 있었다.

선수 생명이 끊길 정도로 심각한 손목 부상을 당한 이신이었다.

그런 그가 부상을 극복하고 선수로서 돌아온 열정은 박수 쳐줄 만하지만, 과연 그렇게 복귀했을 때 예전만 한 실력을 보여줄지는 의문이었다.

옛 명성에 먹칠만 하는 게 아니냐는 우려가 줄을 이었다.

하지만 반면 이신이니까 분명히 무언가를 보여줄 거라는 기대감도 있었다.

성적이고 나발이고 다 필요 없고 오빠 얼굴만 계속 보고 싶다는 이신교의 신도들도 만만치 않은 숫자였다.

하지만 예전 같지는 않을 거라는 의견에는 모두가 찬성하고 있었다.

부상도 그간의 공백기도 나이도 이신의 선수 복귀에 대해 밝은 전망을 할 수 없게 했다.

'뭐, 옛날 같지는 않겠지.'

정다울도 그 여론에 공감하고 있었다.

실제 연습실에서 매일 보는 이신의 플레이는 그냥 평범 그 자체였다.

물론 제대로 실력 발휘를 하는 것 같지는 않았지만, 그렇다고 어떤 비범한 모습도 볼 수 없어서 실망했던 터였다.

'그래도 확실히 난사람이긴 하지.'

뜬금없이 아마추어리그에서 귀엽게 생긴 외국인 소녀를 주워 오더니, 1개월 만에 2군 선수 10명을 상대로 승률 90%를 기록하게 키워 버린 지도자로서의 수완!

이신의 기이한 교육법에 의해 키워진 주디스 레벨린은 1개월 만에 아마추어리그에 다시 참가해 종합우승까지 차지하게 되었다.

e스포츠 역사를 돌이켜 보면, 아마추어리그에서 종합우승을 차지한 사람은 어김없이 1군 주전으로 활약하는 뛰어난 선수가 되곤 했다.

"아, 씨발."

갑자기 입맛이 썼다. 그 전설로 기억될 주디의 2군 테스트에 참가한 10명 중에는 정다울도 포함되어 있었다. 물론 정다울은 패배한 9명 중 하나였다.

아무것도 모르던 연습생 시절부터 지금까지, e스포츠계에 몸담은 지도 어언 3년 차였다.

뜯어 말리는 부모님을 뿌리치고 프로게이머가 된 정다울은 남들이 수능 공부를 할 때에 게임을 하며 소중한 학창 시절을 보냈다.

이제 게임을 제외하면 정다울의 인생에 남는 거라고는 아무것도 없었다.

그런데…….

'이제 한 달 정도 배운 여자애한테 지다니!'

그것은 어마어마한 박탈감이었다.

자신의 지난 3년이 송두리째 허송세월로 전락한 듯한 상실감이었다.

마치 보란 듯이, 태어났을 때부터 이미 2군과 1군이 정해진 듯했다.

정다울은 자신의 재능을 의심할 수밖에 없었다.

'이제 와서 다시 수능 공부하면 대학 갈 수 있을까?'

일반적이라면 한창 수능을 봐야 할 때였기에, 고등학교를 중퇴한 정다울은 자신의 장래에 대한 고민이 더욱 깊어질 수밖에 없었다.

"아 씨, 모르겠다. 게임이나 하자."

정다울은 계속 노닥거리고 있기에 양심에 찔렸는지 인터넷 브라우저를 종료해 버리고, 스페이스 크래프트를 실행했다.

일단은 자신감 상승을 위하여 온라인에서 적당한 제물을 찾을 생각이었다.

그런데…….

—Player_SIN 님께서 대전을 신청하셨습니다.

"아, 또 뭐야, 이 사람은!"

정다울의 얼굴이 형편없이 일그러졌다.

자신감 회복을 위한 희생양을 찾고 있었더니, 웬 온라인 초고수란 말인가!

온라인에서 그에게 굴욕과 훈계가 섞인 3연패를 안겨준 Player_SIN이었다.

정다울은 애써 그의 대전 신청을 무시했다. 하지만,

—Player_SIN 님께서 대전을 신청하셨습니다.

—Player_SIN 님께서 대전을 신청하셨습니다.

—Player_SIN 님께서 대전을 신청하셨습니다.

"아 좀!"

성질이 난 정다울은 빠르게 귓속말을 보냈다.

—daul02 : 딴사람이랑 하세요. 지금 님이랑 게임할 기분 아니에요.

—Player_SIN : 게임할 기분이 아닌데 왜 접속했어?

—daul02 : 그냥요.

—Player_SIN : 상대를 골라서 하려고?

정곡을 찔린 탓에 아무 반박도 할 수 없었다.

—Player_SIN : 그렇게 하면 네 실력이 늘어?

—daul02 : 지금은 연습 아니에요. 그냥 가볍게 게임하려고요.

—Player_SIN : 영혼 없이 게임할 거면 프로게이머 왜 해?

—Player_SIN : 방 만들었으니까 잔말 말고 들어와.

'에이…….'

피하고 싶었지만, 저런 말까지 들은 이상 받아들이지 않을 수가 없었다.

마지못해 그가 만든 방으로 접속했다.

—Player_SIN : 시작한다.

—daul02 : 어? 잠깐만요.

정다울이 급히 만류했지만 상대는 게임을 강행했다.

'댁 지금 종족 선택 잘못했다고, 이 양반아!'

Player_SIN이 선택한 종족은 신족이었다.

'아, 씨발, 이게 뭐야!'

정다울은 당황했다.

믿기지 않는 게임 양상이 펼쳐지고 있었다.

실수로 신족을 선택한 줄 알았다. 하지만 실수가 아니라는 것을 곧 알게 되었다.

초반에 광신도 1명을 찔러 넣어 정다울로 하여금 일하던 신도들을 잠시 대피시키는 피해를 만들어낸 것이다.

정다울도 곧 광신도를 뽑아서 막아냈지만, 이리저리 일부 신도들이 일을 못 하고 피해 다녀야 했던 손해는 기분이 나빴다.

'이 인간이 진짜 해보자는 거야 뭐야?'

아무리 자신이 허접스러운 3연패를 당했다지만, 그래도 주 종족이 아닌 부 종족이라니!

'부종한테 질까 보냐!'

자존심이 달린 문제였다.

정다울은 정신 바짝 차리고 게임에 임했다.

상대는 생각보다 능숙했다.

광신도 1명을 찔러 넣는 동시에 앞마당 확장 기지를 가져가는 플레이.

그리고 순식간에 참회실을 늘려서 병력을 생산하는 속도까지.

어마어마한 물량이 쏟아지자 정다울은 잔뜩 긴장했다.

물론 정다울도 비슷한 병력으로 맞섰으나 상대의 기세가 심상치 않았다.

대규모 전투가 일어난 동시에 상대는 확장 기지를 추가로 가져갔고, 소모된 병력을 빠르게 재생산해 충원하면서 다시 공격에 나섰다.

전투가 치러질수록 상대의 확장 기지가 계속 추가되고 있었다.

'이게 무슨 괴물 같은 확장 속도야?'

마치 괴물처럼 확장을 하는 상대의 기세에 정다울은 갈팡질팡했다.

자신도 확장 기지를 가져가야 할지, 상대의 확장 기지를 공격해야 할지 망설이는 것이었다.

'이제 와서 따라가다가는 계속 주도권을 잃게 돼.'

정다울은 공격을 결심했다.

하지만 9시 지역의 확장 기지를 공격했을 때였다. Player_SIN은 기다렸다는 듯이 양방향에서 정다울의 병력을 포위 섬멸했다.

9시 지역의 추가 확장 기지는 정다울을 유인하는 미끼였던 것이다.

정다울은 자신의 패배가 믿겨지지 않았다.

상대의 부 종족에게 지다니.

설령 상대가 정체를 숨긴 일류 선수라고 해도, 자신 역시 프로였다.

지난 3년간 MBS에서 훈련을 받아온 시간들이 부질없게 느껴졌다.

—daul02 : GG요.

—Player_SIN : 더 할래?

—daul02 : 예.

이번에야말로 만회하겠다고 정다울은 결심했다.

그렇게 시작된 두 번째 대결.

정다울은 이를 악물고 임했다.

하지만 역시나 상대는 만만치 않았다.

마치 자신이 광기신족 최영준이라도 된 것처럼 미친 듯한 물량을 쏟아내기 시작하는 것이었다.

이번에는 끝내기로 콘셉트를 정한 모양이었다.

확장 기지를 추가로 가져가지 않고, 계속 병력을 뽑고 또 뽑아 공격을 이어나갔다.

막아도 막아도 끝없이 밀려오는 상대의 추가 병력!

아득한 기분을 느끼며 정다울은 또다시 GG를 선언했다.

—daul02 : 신족으로는 얼마나 하신 거예요? 정말 잘하시네요.

—Player_SIN : 얼마 전에 최영준 개인방송 녹화 영상 받은 거 보면서 연습했어. 현역 시절에도 종종 했고.

이기려면 상대를 알아야 하기 때문에, 프로게이머가 다른 종족을 플레이해 보는 것은 당연한 일이었다.

하지만 보통은 이토록 잘하지는 않는다.

게다가 본격적으로 연습한 건 얼마 전의 일이라고 하지 않은가!

'최영준의 개인 화면을 보고 그대로 따라 하면서 연습했다고? 그걸로 되는 거면 나도 진즉에 했겠다!'

정다울은 몸이 부들부들 떨려왔다.

주디의 2군 테스트에 이은 또 다른 정신적 충격이었다.

인생에 있어 아주 소중한 시기에서 3년이나 게임으로 보냈다. 그런데도 그 결과는 자칭 은퇴 선수라는 온라인 고수의 부 종족도 못 이기는 실력이었다.

정다울은 프로게이머를 계속해 나가야 하는지 회의를 느꼈다.

울컥한 정다울이 키보드를 거칠게 타이핑했다.

—daul02 : 저 재능이 없는 것 같죠? 솔직히 말씀해 주세요.

—Player_SIN : 몰라. 내가 어떻게 알아.

—daul02 : 그냥 솔직히 말해주세요. 저한텐 중요한 문제예요.

—Player_SIN : 모르겠다고.

—Player_SIN : 재능 있다고 생각해 본 사람이 몇 되지를 않아. 내 눈에는 다 그게 그거인 것 같은데 어떻게 알아? 최영준만 한 재능이 있냐고 묻는 거면, 없어.

—daul02 : 어……?

정다울은 Player_SIN의 말을 듣고서 화들짝 놀랐다.

—daul02 : 이신 코치님이세요?

—Player_SIN : 아니.

—daul02 : 거짓말 마세요. 2년 전에 우승하시고서 인터뷰 때 토씨 하나 안 틀리고 완전 똑같은 말씀을 하신 적 있어요.

상대는 말이 없었다.

—daul02 : 그때 그 인터뷰 보고 존나 멋있다고 생각했는데, 실제로 당해보니까 좀 재수 없으시네요.

—daul02 : 아무튼 정말로 이신 코치님이셨네……. 맞다 아니다 커뮤니티에서 논란이 많았었는데.

한동안 Player_SIN은 말이 없었다. 그리고 잠시 후…….

—Player_SIN : 감독한테 말하면 퇴출시켜 버린다.

—daul02 : 비밀로 할게요. ;;;

—Player_SIN : 아무한테도 말하지 마.

상대가 이신이라는 사실을 알게 되자, 밑바닥까지 가라앉았던 기분이 조금은 나아졌다.

상대가 신이라면 그나마 납득할 만했기 때문이다.

—Player_SIN : 뭐 그건 됐고, 선수 생활 관두려고?

—daul02 : 고민 중이에요. 전에 주디한테도 졌잖아요. 어떻게 배운 지 1개월 만에 2군 10명 중 9명을 꺾어버려요? 그거 완전 재능 아니에요?

—Player_SIN : 1군 선수로 훈련할 자질은 있지. 그걸 갖고 재능 있다고 말하는 거였으면, 좀 기준을 명확하게 해서 물어봤어야지.

—daul02 : 그럼 저도 그만한 재능이 있을까요?

—Player_SIN : 1군 엔트리를 기준으로 말하는 거면, 있어 그 정도는.

—daul02 : 정말요?

—Player_SIN : 약점이 너무 많긴 한데 강점도 있으니까.

—daul02 : 약점이 뭔데요?

—Player_SIN : 컨트롤이 안 돼. 마법 유닛을 잘 써야 하는데 그것도 안 되고. 그래 갖고는 인류도 신족도 못 이겨.

—daul02 : 아… 제가 좀 안 되는 것 같아요.

—Player_SIN : 어, 연습해도 안 되는 거면 정말 안 되는 거야.

단호한 이신의 말에 정다울은 잠시 울컥했다.

하지만 이내 가라앉히고 계속 물었다.

—daul02 : 그럼 어떡해야 1군 할 수 있어요?

—Player_SIN : 해도 안 되는 건 놔두고 강점만 키워.

—daul02 : 제 강점이 뭔데요?

—Player_SIN : 의외로 괴물 상대로 잘해. 예전에 황병철이랑 예선에서 붙은 적 있었지?

—daul02 : 네.

—Player_SIN : 디펜스가 괜찮아서 황병철이랑 꽤 접전 간 적 있잖아.

—daul02 : 네 기억나요. 그때 처음으로 감독님께 칭찬받았었는데.

—Player_SIN : 괴물 전을 갈고 닦아. 상대가 괴물이라면 꺼내 들 만한 카드가 된다면 1군 할 수 있지.

—daul02 : 괴물 전만 잘해봤자 다른 종족한테 죽 쑤면 1군 안 되잖아요. ㅠㅠ

—Player_SIN : 왜 못 해.

—daul02 : ?

—Player_SIN : 1군 테스트할 때, 10명 중 최소 3명은 괴물이야. 괴물만 이긴다는 마음으로 하면 가능하지. 그럼 붙박이 주전은 아니어도 가끔씩 출전하는 히든카드는 될 수 있고.

—daul02 : 아, 진짜 그러네요.

—Player_SIN : 그 정도로 만족 못 하면 선수 생활 접고 빨리 다른 진로 알아보든가, 아니면 징징댈 시간에 연습을 더 하던가.

—daul02 : 연습할게요.

—Player_SIN : 그럼 해, 연습.

—daul02 : 코치님.

—Player_SIN : 왜 또?

슬슬 귀찮아진 모양인지 신경질적이었다. 정다울은 뭔가를 굳게 결심하고는 타이핑을 했다.

—daul02 : 1군 될 수 있게 저 좀 도와주세요. ㅠㅠ

—Player_SIN : 싫어.

—daul02 : 와, 칼 같으시네요. 단호박인 줄 ;;;

—daul02 : 근데 안 도와주시면 감독님한테 이를 거예요.

—daul02 : 코치잖아요. 연봉도 1억 받는다면서요. ㅠㅠ 저도 주디처럼 좀 키워주세요. 저 진짜 1군 되고 싶어요.

'제발, 제발.'

만년 2군에 딱히 두드러지는 바도 없는 정다울에게 강점과 1군이 되는 법을 명쾌하게 가르쳐 준 유일한 사람이었다.

정다울은 이신이 자신의 인생을 구해줄 수 있는 유일한 사람일 거라고 확신했다.

기도가 통한 것일까.

잠시 후에 이신의 답변이 모니터에 떴다.

—Player_SIN : 누구한테도 말하지 마.

—daul02 : 네! 절대 안 할게요!

—Player_SIN : 그럼 내일부터 연습한다.

—daul02 : 네! 코치님!!

정다울은 기쁨에 벌떡 일어나 환호했다.

시계를 보니 어느덧 새벽 1시였다.

*   *   *

'MBS의 코치가 되기로 선택한 건 나니까. 코치로서 역할을 다 해야지.'

손목 부상 후 집에 틀어박혀 두문불출할 때 유일하게 찾아와 준 사람이 바로 방진호 감독이었다.

그때, 이신은 보답 차원에서 단 돈 1억 원에 코치로 일해주기로 결심했었다.

주디를 롱런할 수 있는 1군 선수로 키우는 것 외에도, 정다울을 상대 팀 괴물 플레이어를 저격할 수 있는 카드로 만든다면 MBS에 큰 도움이 될 것이다.

그럼 코치로서는 충분히 연봉값을 하게 되는 것이다.

'그나저나 정말 도움이 많이 되는군.'

최영준의 개인 화면을 보고 똑같이 따라 하면서 신족을 연습한 이신.

조금의 오차도 없이 따라 하려고 노력을 하다 보니, 얼추 최영준과 비슷한 수준으로 물량을 쏟아낼 수 있게 되었다.

언제 확장 기지를 가져가고, 그때 완성된 확장 기지로 생산 유닛을 몇 명이나 보내는지를 따라 하니 정말로 더 효율적으로 자원을 채집·소비할 수 있게 되었다.

물론 여러 가지 외부 변수로 상황이 달라졌을 때도 그만한 자원 최적화를 유지시키는 것이 최영준의 진가였지만 말이다.

뿐만 아니라 최영준의 시점에서 대국 전체를 보다 보니, 게임을 보는 새로운 시각을 느낄 수 있었다.

비록 종족은 다르지만, 이신에겐 최영준의 감각을 훔치는 이 연습이 매우 큰 효과로 다가왔다.

자신이 아직 감을 잡고 있지 못했던 한국 e스포츠의 최신 트렌드를 온몸으로 체득하게 된 것이었다.

'근데 신족도 꽤 할 만한데?'

게임에 대한 이신의 천재성은 어딜 가지 않았다.

일주일간 최영준 카피에 몰두하다 보니, 슬슬 신족이 어떤 종족인지 감이 오기 시작했다.

'신족도 재미있군.'

마치 스페이스 크래프트에 처음 재미 붙였을 때와 같은 성취감과 설렘이었다.

어차피 부 종족이라 필요 없는 일인데도, 쓸데없이 유닛 컨트롤이 정교해지기 시작했다.

정찰 나간 신도로 계속 자잘한 견제를 해서 상대방의 일꾼 1명을 죽인다든지, 거신병기로 무빙을 당기며 일점사격을 한다든지…….

정말 쓸데없게도, 이신의 신족 솜씨가 일취월장했다.

스페이스 크래프트의 온라인은 또다시 화제가 되기 시작했다.

정체가 이신일지도 모른다고 논란이 일던 온라인 유명 고수 Player_SIN이 뜬금없이 신족으로 연승 행진을 시작한 것이다.

Player_SIN이 종족을 바꿨다고 소문이 나면서, 네티즌들은 더더욱 그 정체를 알 수 없게 되어 버렸다.

인류의 신이라 불린 이신이 종족을 바꿨다고는 누구도 믿을 수 없었기 때문이었다.

그냥 심심풀이 삼아 하는 '가벼운 연습'이라고 하기에는 Player_SIN의 신족 다루는 실력이 범상치 않았다.

그렇게 이신은 새로운 영역을 개척하고 있었다.

여러 가지 의미에서 말이다.

제6장

1군

"넌 컨셉이 없어서 애매해."

"컨셉이요?"

"최영준의 물량, 박영호의 철벽 디펜스와 확장, 신지호는 디펜스와 한 방 병력. 하다못해 주디도 안전한 장기전 운영이라는 스타일 컨셉이 있어. 넌 뭔데?"

"그, 글쎄요."

"네가 뭘 잘하는지 몰라?"

"예……."

"네가 그래서 2군이야."

이신의 신랄한 독설을 들으며 정다울의 표정이 썩어 들어갔다.

아침부터 뜬금없이 시작된 두 사람의 대화에 연습생들은 의아한 표정이 되었다.

이신이 말했다.

"넌 생각이 없으니까 그냥 내가 정한다. 넌 디펜스와 카운터다."

"디펜스랑 카운터요?"

"무조건 디펜스 위주로 안전한 운영을 하고, 상대가 공격 들어오면 너도 드롭이나 아바타 소환 마법으로 맞받아치고. 넌 컨트롤도 썩었으니까 정면 대결보다 그게 나아."

"네……."

"그리고 방어에 성공해서 상대가 병력을 크게 잃으면 곧바로 반격. 이제 알겠어?"

"네."

"그럼 그 컨셉 기억하고 당장 연습 시작해."

이신은 2군 선수 중에 괴물 플레이어를 불러다가 연습 상대로 붙였다.

그렇듯 갑자기 이신이 정다울에게 신경을 써주기 시작하자, 모두가 의아해했다. 곧 정다울이 삼고초려로 이신을 스승으로 모셨다는 소문이 돌았다.

"뭔 꿍꿍이야?"

"쓸 만한 놈 하나 더 키우려고요."

"다울이가 쓸 만해?"

"다른 건 다 망해도 괴물 상대로 60% 이상 나오게 만들 수는 있습니다."

"저격용이라는 건데……."

"예."

방진호 감독은 솔깃한 얼굴이 되었다.

뚜렷한 강점이 하나 있다면 감독으로서 작전을 구상하기 편해진다.

'인류, 신족한테 약하니 연승제 방식의 플레이오프에서는 못 써도, 다승제에서는 충분히 쓸 만하겠는데.'

'연승제'는 이긴 사람이 계속 다음 상대와 겨루는 경기 방식이었다.

반면 '다승제'는 6인이 차례로 한 번씩 주어진 상대와 경기를 치르고, 스코어가 3 대 3 동점일 시 각 팀의 대표 선수가 겨루는 에이스 결정전으로 승패를 결정하는 방식이었다.

보통 라운드 풀리그 때는 다승제로 경기를 치르고, 각 라운드의 플레이오프와 최종 우승 팀을 결정짓는 포스트시즌 때는 연승제로 치른다.

'이신의 계획대로 되면 괜찮겠는데?'

다승제 경기에서 상대 팀이 괴물 플레이어를 내보낼 것 같은 맵에 정다울을 출전시켜 확실하게 1승을 챙길 수 있다면!

확실하게 승리를 챙겨주는 선수 셋과 에이스 결정전에서 이겨주는 에이스 한 명만 있어도 팀은 우승을 할 수 있다.

'이신까지 선수로 복귀해서 에이스가 되어준다면……!'

이신이 옛날 기량을 되찾아주기만 한다면, 아니, 그 7, 80% 정도라도 보여준다면!

그땐 올해 MBS는 언제 부진했냐는 듯이 치고 올라가 포스트 시즌에 진출할 승점을 딸 수 있다.

거의 포기하려 했던 올해에 다시 기대를 걸어 봐도 되는 것이었다.

이신은 몸이 몇 개가 필요할 것처럼 바빠졌다.

본인의 연습도 해야 했고, 다른 프로 팀의 신족과 괴물 플레이어에 대해 분석해야 했고, 그 와중에 주디와 정다울의 훈련도 봐줘야 했다.

다른 건 다 잘되는데, 주디와 정다울의 기량은 아직 프로경기에 내보낼 수 있을 정도로 기량이 올라오지 않았다.

주디는 경험 부족.

그리고 정다울은 센스 부족.

위의 두 원인으로 경기 중에 이변이 발생할 때의 임기응변이 형편없이 떨어졌다.

한 번도 경험해 보지 않은 상황에서는 배운 대로 할 수 없기 때문에 순전히 본인의 센스에 달렸다.

거기서 탁월한 임기응변으로 위기를 넘기면 그것이 팬들에게 길이 회자되는 명장면이 되는 것인데, 두 사람에게 가장 부족한 부분이었다.

'후반기에 바로 투입될 수 있을 정도로 키워야 하는데.'

자기 자신에게 모두 투자해도 시원찮은 귀중한 시간을 쪼개고 쪼개서 키운 두 사람이었다.

그런 만큼 노력의 성과를 최대한 빨리 보고 싶었다.
그래서 이신은 특단의 조치를 취했다.
"둘 다 이리 와."
주디와 정다울이 이신 앞에 불려왔다.
이신이 말했다.
"앞으로 훈련 끝나고 자유 시간에 특별 훈련을 한다."
"특별 훈련이요?"
"왜, 싫어?"
"아, 아뇨."
정다울은 황급히 고개를 도리도리 저었다. 싫다고 하면 '그럼 꺼져'라고 대답하고도 남을 이신이었다.
"주디는 인류, 정다울은 신족. 지난 1군 선수들의 경기 영상을 보면서 센스 있는 플레이나 전술, 임기응변이 있으면 노트에 적어서 정리한다. 하루에 최소 10경기 이상."
"노트에 정리하라고요?"
"어. 그리고 달달 외워. 매일 아침마다 검사한다."
정다울은 아연실색했다. 이런 괴랄한 훈련 방식은 들어보지도 못했다.
"주디는 한글 잘 못 쓰지?"
"네, 잘……."
"그럼 대충 휘갈겨도 좋으니까 최소한 내가 알아볼 수만 있게 써."
"네."

그렇게 신개념의 훈련이 두 사람에게 추가되었다.

'없는 경험과 센스는 억지로라도 대가리에 쑤셔 넣어야지.'

유서 깊은 명문 교육자 집안에서 태어난 이신. 그는 주입식 강제 암기 교육의 신봉자였다.

'조선 시대 때도 강제로 머릿속에 쑤셔 박지 않았으면 천자문 같은 건 못 뗐지.'

사서삼경이고 뭐고 일단은 강제로 달달 외우게 해야, 나중에 그것들이 자신의 것으로 체득되면서 올바른 사상관이 함양되는 것이다.

…라고 대학 교수인 아버지가 말씀하신 바 있었다.

'아버지는 싫지만 그 말은 동감이다.'

그렇게 시작된 특이한 암기 교육은 처음에는 효과가 그다지 나타나지 않았다.

이신이 불시에 물어볼 때마다 주디와 정다울은 즉각 대답을 해야 했다.

매일 10경기씩 보고 수준 높은 플레이가 나올 때마다 노트에 정리하고 암기한다!

그런데 일주일이 흘렀을 때, 비로소 효과가 나타나기 시작했다.

당연하지만 노트에 정리한 그 내용을 써먹을 수 있는 순간이 연습을 하면서 수없이 찾아왔던 것이다.

매 순간순간, 자신이 뭘 해야 할지 알면 헛손질이 줄어들고 손이 빨라진다!

이신의 그 주관이 마침내 빛을 발하기 시작했다.

위기 시에 침착해지는 것이 일류 프로게이머.

자신이 알고 있는 위기를 당하면 한 번도 겪어보지 못한 위기를 당할 때보다 더 침착해질 수 있다.

매일 10경기씩 보고서 내로라하는 1군 선수들의 위기 대처를 보고 배워가면서, 두 사람은 급속도로 성장했다.

퇴근 뒤에는 집에서 온라인에 접속해 두 사람과 연습 게임을 했다.

두 사람에게 다양한 경험을 시켜주기 위하여, 이신은 갖가지 수법을 전부 동원했다.

몸소 경험해 봐야 실력이 느는 법.

이신은 두 사람을 다양한 상황에 처하게 만들었다.

하지만 인류는 몰라도 신족으로 다양한 공격을 하기 위해서는 이신도 나름대로 공부를 해야 했다.

그러면서 뜬금없이 이신의 신족 실력도 하루가 다르게 일취월장하였다. 다양한 공격을 시도해 보면서 경험이 쌓이고 쌓여 자신만의 노하우가 되는 것이었다.

몸소 경험해 봐야 실력이 느는 법이라는 철칙이 스스로에게도 적용되고 있다는 것을 이신 본인은 알지 못했다.

* * *

2020년 프로리그 제4라운드 개막전이 다가왔다.

이 4라운드도 끝나면 이제 통합 승점에서 상위권인 4팀이 포스트시즌에 진출해 최종 우승을 가린다.

포스트시즌에 진출하지 못한 팀은 경기가 없어 놀아야 하기 때문에 어떻게든 4위에 들어야 했다.

8팀 중 7위인 MBS로서는 마지막 기회인 4라운드를 철저하게 준비해야 했다.

현재 MBS의 1군 주전 멤버 대부분이 극심한 부진을 겪고 있었기 때문에, 방진호 감독은 뉴 페이스인 주디와 정다울을 서둘러 시험해 보기로 했다.

결국 주디와 정다울은 1군 테스트를 함께 보기로 했다.

"자, 주목!"

방진호 감독이 선수들을 불러 모았다.

이번에는 연습생을 테스트하는 2군 테스트가 아니라, 1군을 뽑는 자리였기 때문에 분위기의 엄숙함이 전혀 달랐다.

"1군 10명 모두 이번 테스트에 참가한다. 당연한 일이지만 설렁설렁하지 말고 제대로 실력 발휘해야 할 거다. 때에 따라서 너희가 애들한테 밀려서 출전을 못 할지도 모르니까."

긴장감이 감돌았다.

1군 선수들에게 공식전 출전은 무엇보다도 중요한 일이었다.

가뜩이나 암흑사제들이라 불릴 정도로 인기가 없는 판국이었다.

경기에도 얼굴을 못 내밀면 그대로 잊히게 될 것이다.

화이트보드에 1군 선수 10인의 이름이 줄줄이 적혔다.

"자, 순서대로 간다. 주디부터 시작!"

맵은 가장 널리 쓰이는 공식 맵 다섯 개를 번갈아 사용하기로 했다.

"잘할 수 있어."

이신은 잔뜩 긴장해 있는 주디의 어깨를 툭툭 치며 격려했다.

주디는 언제 긴장했냐는 듯 활짝 웃으며 고개를 끄덕였다.

그렇게 테스트가 시작되었다.

주디의 플레이는 인류의 최신 트렌드가 반영되어 있었다.

이신의 스타일인 빠른 템포의 견제와 끝내기는 그녀가 익힐 수 없는 성질의 것이었다.

치열한 공격성과 탁월한 컨트롤, 그리고 창의성이 주디에게는 없었기 때문이다.

그래서 이신은 주디에게 정석 플레이만 시켰고, 그 정석의 롤모델은 바로 신지호였다.

사실 이신은 나름 신지호를 높게 평가하고 있었다.

물론 현역 시절에는 별로 대단찮은 상대였다.

하지만 미국 등 서양 대형 리그의 프로 팀들도 이신을 따라하고 있는 마당에 독자적으로 새로운 빌드와 트렌드를 만들었다는 점에서는 인정하는 바였다.

빠른 확장을 통한 풍부한 자원 확보.

그리고 그것을 지켜내는 디펜스.

마지막으로 인구수 제한 200을 꽉 채운 풀 병력으로 총공격.

이 3박자의 인류 필승 패턴을 주디는 그대로 펼쳐 냈다.

이신의 지도로 어설픈 빈틈도 없어졌다.

승, 패, 패, 승, 승…….

5전 째에 주디는 이미 통과 기준인 30%를 달성했다.

하지만 주디는 그 뒤로도 계속 승리와 패배를 쌓아나갔다.

인류의 정석답게, 주디는 괴물에 강하고 신족에 약한 인류 종족의 특징이 그대로 반영되었다.

하지만 같은 인류끼리의 대결에서도 주디는 강점을 발휘했다. 서로 비슷한 전략을 펼치면 보다 꼼꼼하고 섬세한 쪽이 승리하는 법이었다.

주디는 놀고 있는 유닛 하나 없이, 빼먹는 것 하나 없이, 정해진 빌드 오더 순서를 오차 없이 펼쳤다.

그리고 최종 결과는 승률 60%.

괴물 3명과 인류 2명, 신족 1명을 이긴 결과였다.

"와아!"

"잘한다!"

선두들이 박수를 쳤다.

1군 선수들은 주전 자리를 놓고 다투는 강력한 경쟁자의 출현에 조금은 긴장한 기색이었다.

주디는 강아지처럼 후다닥 이신에게 달려왔다.

"잘했어."

"잘했어요?"

"어."

"그럼 잘했으니까 사진, 되죠?"

흠칫.

이신의 표정이 잠시 굳었지만, 약속은 약속이었다.

"마음대로 해."

"헤헤."

주디는 스마트폰을 들고 이신과 찰싹 붙어 셀카를 찍어댔다.

한껏 밝은 주디와 귀찮은 표정의 이신이 한 폭의 그림처럼 카메라에 담겨졌다.

연습실의 선수들과 연습생들은 그것을 보며 키득거리기도 하고 부럽게 쳐다보기도 했다.

"자, 다음은 정다울!"

방진호 감독의 호명에 정다울이 벌떡 일어났다.

"예!"

"준비해. 맵은 똑같이 간다."

"예, 열심히 하겠습니다!"

정다울은 씩씩하게 소리치며 자기 자리로 향했다.

딱딱하게 굳은 표정에는 긴장감과 비장함이 동시에 나타나고 있었다.

일명, 달걀로 바위 치기.

자신의 인생이 걸린 기회였다.

"으아아아!"

정다울이 환호를 지르며 좋아했다. 펄쩍펄쩍 뛰며 승리를 만끽했다.

함께 2군 숙소에서 지냈던 선수들이 부러움과 질시가 혼재된 복잡한 눈길로 그를 보고 있었다.

"정말 특이한 놈이네 저거."

방진호 감독은 피식 웃으며 중얼거렸다.

승률 30%.

아슬아슬하게 커트라인을 통과한 정다울.

이신이 제시한 괴물 전 특화 전략은 완전히 먹혀들었다.

1군 선수들을 상대로 싸운 10전에서 간신히 거둔 3승은 모두 괴물 전이었다.

괴물 플레이어 4명 중 3명을 잡는 데 성공해서 간신히 불합격을 모면한 것이었다.

"잘했어."

"코치님, 정말 감사합니다!"

"아직 멀었어. 괴물 상대로 보다 다양한 전술 패턴이 필요해. 너무 레퍼토리가 뻔해서 네 번째로 괴물과 싸웠을 땐 진 거야."

"예!"

"그리고 신족에게 유리한 맵에서 신족에 약한 인류한테 졌다는 게 말이 돼?"

"죄송합니다."

하지만 기쁨만 보일 뿐 전혀 죄송한 태도가 아니었다. 이신은 그런 정다울을 보며 여러 가지로 컬쳐 쇼크를 느꼈다.

'승률 100%가 아닌데 어떻게 이렇게 기뻐하지?'

승리에 대한 집착이 강하고 최고가 아니면 성미가 안 차 선수 복귀까지 미룬 이신으로서는 이해할 수 없는 하위 계층의 세계였다.

어쨌거나 괴물 플레이어 4인 중 3인을 꺾었으니, 정다울의 대괴물 전 실력만큼은 입증이 된 셈이었다.

상대는 연습생도 2군도 아닌 어엿한 1군 선수들이 아닌가.

일반적으로 괴물에게 약한 상성을 가진 신족이 도리어 괴물전에 강하니, 이 특이점은 전략적으로 유용하게 써먹을 수가 있었다.

"둘 다 성공했네. 잘했어."

방진호 감독이 다가와 칭찬을 했다. 이신은 당연하다는 듯이 고개를 끄덕일 뿐이었다.

"넌 어떡할래?"

방진호 감독은 1군 선수 10명의 이름이 적힌 화이트보드를 가리키며 말했다.

"이참에 너도 지금 할래?"

그 말에 이신은 1군 선수들을 쭉 둘러보았다.

모두가 긴장하고 있었다.

게임의 신, 이신.

그의 1군 테스트라면 아까와는 무게감이 전혀 달랐다.

이신은 잠시 생각을 했다.

"왜 자신 없어?"

방진호 감독이 슬쩍 도발한다.

이신은 피식 웃었다.

"하죠. 단, 조건 하나 추가."

"뭔데?"

"각자 좋아하는 맵에서 덤빌 것."

이신은 손목을 풀며 말을 이었다.

"너무 싱거우면 재미없으니까."

1군 선수들의 얼굴이 일제히 일그러졌다.

그렇게 이신의 테스트가 시작되었다. 명백한 오늘 테스트의 하이라이트였다.

*　　　*　　　*

—신이 다시 돌아왔다!

—'게임의 신' 이신, MBS 1군 주전으로 선수 복귀 확정적.

—'화려한 신의 귀환' MBS 팀 내부 테스트서 1군 10명 올킬.

—부상을 딛고 돌아온 이신, 실력은 건재.

—'신의 군단' MBS 1군 전면에 부상!

—전력 보강 MBS, 4라운드 돌풍 예고.

폭발했다.

전 세계 e스포츠의 관심사였던 이신의 선수 복귀 여부가 마침내 알려진 것이다.

공식적인 MBS의 발표는 아니었다.

다만 팀 내부에서 벌어진 1군 테스트 결과가 연습실에 있던 2군 및 연습생들을 통해 인터넷 커뮤니티에 알려져, 그 소문이 일파만파 퍼져 나간 것이다.

물론 이신이 언젠가는 복귀하리라는 건 모두가 이미 알고 있었다.

현역 시절부터 게임에 대한 애정이 남달랐던 이신이고, MBS의 코치로 돌아왔을 때도 언제나 복귀 가능성을 열어놓고 있었다.

그리고 '조만간'이라는 얼마 전의 인터뷰 발언이 화제가 되기도 했기에 곧 시작될 후반기에서 모습을 드러내지 않을까 하고 모두가 전망하고 있었다.

다만 모두가 우려하고 있던 건 이신의 현재 역량 여부였다.

역사상 최고의 선수였다는 것은 자타가 인정하는 바였지만, 공백기와 큰 부상을 겪은 그가 다시 선수로 복귀했을 때 예전만한 실력을 보일 수 있을지는 의문이었다.

이신은 신이었다.

누구도 신으로 군림했던 그가 패배하고 부진하는 모습을 보고 싶어 하지 않았다.

뿐만 아니라, 현존 국내 최고의 프로게이머인 박영호·최영준 등과 승부가 될지도 관심사였는데, 이번 소식은 다시금 네티즌들의 피를 끓게 만들었다.

—내부 테스트에서 1군 10명 올킬했대. ㄷㄷㄷ

—사람이 아님.

—손목 박살 나고, 1년 쉬고, 25살 먹어서 돌아온 사람이 팔팔한 1군 애들 10명 싹쓸이!

—거기 연습생인 애가 그러는데, 10명이 각자 원하는 맵에서 했다더라. ㅋㅋㅋㅋ

—ㅎㄷㄷㄷ

—근데 MBS 선수들은 클래스가 좀 아니지 않냐? 임팩트가 떨어지네.

—워낙에 암흑사제들이라 10명 전부 이긴 게 별로 대단하지 않게 느껴져.

—실제로 MBS 죽 쑤고 있지 않았음?

—야, 이 ㅂㅅ들아, 아무리 그래도 1군을 아무나 하는 줄 아냐? 엄청난 경쟁률 뚫고 1군 된 애들 10명이 각자 자기가 좋아하는 맵 골라서 덤볐는데 올킬했으면 ㅆㅂ 그건 경기력 미친 거지.

—신께서는 건재하셨다 ㅠㅠ

—신께서는 여전히 신이셨어 ㅠㅠ

—아흑, 이젠 죽어도 여한이 없음 ㅠㅠ 그냥 존안만 뵈어도 되는데 실력까지 여전하셔 ㅠㅠ bbb 오빠 그냥 절 가지세요!

—신이 코치 돼서 키운 애들 2명도 속성으로 1군 됐다더라. 그냥 뭐 코치 노릇을 해도 신 그 자체 ㄷㄷ

—아, 그 테스트 경기 보고 싶다. 개인방송 같은 데에 리플레이 안 보여주나?

이신에 대한 이야기가 쉴 새 없이 인터넷 커뮤니티에 쏟아졌다.

언론들은 이것을 고스란히 기사화해서 소란을 더 확장시켰다.

하지만 MBS도 이신도 이 점에 대해서는 언급이 없었고, 이야기는 이신의 주변 사람으로 옮겨졌다.

즉, 이신이 키웠다는 두 사람, 주디스 레벨린과 정다울이었다.

물론 진짜 화제는 깜찍한 외국인 미소녀 주디스 레벨린이 차지했고, 정다울은 묻혀 버려서 MBS 암흑사제군단에 편입했다.

때마침 우연인지 의도적인지 이신교 팬카페 측에서 이신과 주디가 함께 찍은 사진을 유출, 그것이 언론에 공개되면서 '신의 제자'라는 타이틀이 붙었다.

이신의 제자라는 타이틀은 의미가 매우 큰 것이었기에, 바다 건너 그녀의 본국인 캐나다에서까지 큰 관심을 가졌다.

—화제의 '신의 제자'는 레벨린 가문의 상속녀 주디스 레벨린!

—신의 제자, 주디스 레벨린의 미모 화제!

—외국 재벌가 상속녀, 신의 제자 되다.

주디의 출신 가문에 대해 알려지면서 화제가 그녀에게로 옮겨졌다. 그리고…….

*　　　*　　　*

MBS가 이신의 선수 복귀에 대해 아직 공식 발표를 하지 못하는 이유가 있었다.

바로 계약 문제 때문이었다.

연봉 1억.

이 연봉으로 이신을 선수로 써먹을 수 있다면 얼마나 좋을까?

하지만 이신과의 계약서에는 조항이 따로 달려 있었다. 경기 출전은 이신 본인의 동의가 있어야 가능하다는 조항이었다.

결국은 이신을 팀의 에이스 선수로 쓰려면 계약 조건의 재조정이 불가피했다.

"연봉을 얼마나 불러야 할까요?"

박상혁 단장은 근심이 가득한 얼굴이었다.

"그래도 이신이라면 상부에서도 관심이 지대하지 않습니까. 아무리 돈 쓰기 싫어해도 이신을 잡는 데 투자는 하지 않겠습니까?"

방진호 감독의 의견에 박상혁 단장은 한숨을 쉬었다.

"그러면 좋겠는데, 그렇게 순순히 재정을 충원해 줄 리가 없어요. 아마 무슨 이상한 옵션 같은 걸로 협상을 해보려 들겠지요."

방진호 감독의 표정이 일그러졌다. 충분히 그러고도 남을 놈들이었다.

"아무튼 일단 말은 해보겠습니다."

그리고 다음 날, 이신은 출근하자마자 단장 사무실로 방진호 감독과 함께 불려갔다.

"일단은 코치로서 드리는 연봉 1억은 그대로 유지하기로 했습니다. 방 감독의 의견도 그렇고, 코치로서의 이신 씨 또한 우리 팀에 꼭 필요하다고 판단했으니까요."

"그럴 생각입니다."

이신은 고개를 끄덕였다.

"그리고 선수로서는 아무래도 계약 조건을 새롭게 추가할 필요가 있겠지요?"

"예."

"상부에 보고해서 결재 허가를 받았는데, 상부에서 내려온 내용이… 이게 좋다고 해야 할지 나쁘다고 해야 할지 모르겠습니다."

"일단 한번 들어보죠."

"예, 상부에서는 1승당 1천만 원의 승리 수당을 지급하는 조건은 어떻겠냐고 했습니다."

"1승당 천만 원입니까."

이신은 곰곰이 생각에 잠겼다.

한 시즌의 프로리그는 4개 라운드로 구성되어 있다.

각 라운드마다 8팀이 서로 한 차례씩 붙으니, 한 라운드에 7경기를 싸운다.

그런 4개 라운드면 28경기.

또, 각 라운드마다 플레이오프가 있다. 해당 라운드에서 승점 높은 4팀이 겨뤄서 추가 승점을 획득할 수 있는 방식인데, 최소 1경기에서 최대 3경기까지 추가로 치를 수 있다.

만약 4개 라운드가 모두 끝났을 때, 최종 승점에서 4위권에 든다면 포스트시즌에 진출해서 3경기에서 4경기까지 더 치른다.

게다가 각 라운드의 플레이오프와 포스트시즌은 연승제 방식으로 경기가 진행된다.

선봉으로 나가 올킬을 해버리면 5승!

대전제 경기에서도 스코어가 무승부일 때는 팀의 대표로 나가 에이스 결정전을 또 치를 수 있다.

"그 대신 시즌 중에도 방송 출연이 가능하다는 조건이 더 붙었습니다."

"MBS 경영진이 그 소릴 하는 이유는 공중파 방송에 출현시키고 싶은 의도겠지요. 관심 없으니 그건 재껴두죠."

"……."

박상혁 단장은 꿀 먹은 벙어리가 되었다.

이신이 말을 이었다.

"내 성취에 따라 연봉도 달라진다는 건데, 나쁘지 않습니다. 대신……."

"대신?"

"에이스 결정전, 플레이오프, 포스트시즌 때는 1승당 2천만 원."

"2, 2천이요?"

박상혁 단장이 깜짝 놀랐다.

"승리의 가치에 따라 돈도 달라져야지요."

"어, 그걸 위에서 허가해 줄지 한번 얘기를 해봐야 할 것 같긴 합니다만……."

"싫으면 그냥 코치나 하면서 취미 삼아 매일 밤 개인방송을 하겠다고 전하십시오."

"예에?!"

"코치 계약이라 개인방송에 대한 제한이 없었던 걸로 기억합니다."

"그, 그건 그런데……."

선수 계약이 아니었던 터라 그 부분을 고려하지 못했던 박상혁 단장이었다.

"내가 개인방송 하면 방금 말씀하신 조건의 50배는 벌 것 같지 않습니까?"

"……."

어색한 침묵이 내려앉은 사무실.

이신이 말했다.

"돈 같은 건 이미 실컷 벌어서 관심 없는데, 그렇다고 정당한 대우를 받지 못해도 좋다는 게 아닙니다."

"음, 좋습니다. 그렇게 꼭 말하겠습니다."

박상혁 단장은 당장 방송국 경영진에 이 사항에 대해 말하러 갔다.

둘만 남게 되자 방진호 감독이 인상을 썼다.

"돈 관심 없다며?"

"예."

"근데 뭔 또 조건을 추가해."

"보상이 높아야 더 승리하고 싶어질 테니까요. 그리고 앞으로 돈이 좀 필요해질 것 같아서요."

"돈은 왜?"

"차 사게요."

"운전하게?"

방진호 감독이 의외라는 표정이 되었다. 이신은 고개를 저었다.

"아뇨."

"근데 차는 왜 사?"

"차를 샀다고 꼭 제가 운전해야 하는 건 아니지 않습니까."

"뭔 헛소리야? 그럼 누가 너 대신 운전이라도 해줄 거라고……."

거기까지 말하다가 방진호 감독의 표정이 멍해졌다.

이신은 어깨를 으쓱했다.

잠시 후, 허락을 받고 돌아온 박상혁 단장과 새로운 계약서를 채결했다.

기본 연봉 1억.

거기에 추가로 승리 수당은 1승당 1천 혹은 2천이었다.

그 내용은 고스란히 언론에 발표되었고, 그렇게 이신의 선수 복귀가 완전히 확정되었다.

제7장

BJ들

높은 천장과 넓은 실내.

강화 유리벽 너머로 넘실거리는 푸른 바다와 백사장이 한눈에 보이는 아름다운 별장이었다.

그곳에는 20대 후반의 여성이 홀로 거실에서 안락의자에 몸을 맡긴 채 한가로운 한때를 보내고 있었다.

점심경이 넘었음에도 아직 파자마 차림인 모습은 나른하게 보낸 그녀의 하루를 보여주고 있었다.

그런데 노트북에서 '띠링' 하는 알림음이 들렸다.

눈을 뜬 그녀는 빠른 손놀림으로 노트북을 조작했다.

—iLoveSin : 새 사진 찍었어요, 교주님. 카페에 올렸어요.

청초한 하얀 얼굴에 생기발랄한 미소가 어리기 시작했다.

그녀는 두근거리는 마음으로 이신교 팬카페에 접속했다.

iLoveSin, 새롭게 이신교의 대사제가 된 요 맹랑한 캐나다 꼬맹이가 새롭게 올린 글이 있었다.

"하아……."

잠시 심호흡을 하며 마음을 가라앉힌다.

정신을 비우고, 말끔한 상태에서 그분을 받아들일 준비를 마친다.

딸칵.

글을 클릭했다.

이윽고 노트북 모니터를 가득 채우는 여러 장의 사진들.

"아……!"

깊은 충족감이 가슴 벅차게 올라온다.

꾸밈없이 불편한 기색이 드러나 있는 이신과 그런 그에게 기생충처럼, 아니, 아무튼 찰싹 붙어 있는 iLoveSin까지.

함께 찍은 셀카 외에도 여러 가지 사진이 있었다.

몹시 귀한 사진들이었다.

1군 테스트를 받는 정다울의 게임을 냉정한 표정으로 지켜보는 이신.

다리를 꼬고 앉아 턱을 괸 특유의 포즈가 자연스럽게 담긴 이신의 사진!

존재 자체로도 아름다운 남자가 그곳에 있었다.

그녀는 날아갈 것 같은 기분을 진정시키기 위해 애써야 했다.

차가운 눈으로 게임을 관망하며 생각에 잠긴 표정이 너무나 섹시했다. 그녀가 가장 좋아하는 이신의 모습이었다.

보통 일반 여성 팬들은 게임에 대해 거의 모른 채 그저 그의 잘생긴 외모만 보고 꺅꺅대기 일쑤였다.

하지만 그녀는 달랐다.

—모르겠습니다.

—예?

—재능이 있다는 게 뭔지 잘 모르겠습니다. 여태껏 그렇게 생각해 본 사람은 한 명도 없습니다.

—그, 그게 무슨?

—제 눈에는 다 그 선수가 그 선수로 보여서 누가 얼마나 재능이 있는 건지 잘 모르겠습니다.

인터넷에 하도 화제가 되었기에 우연히 본 인터뷰 영상을 보고 그녀는 전율을 느꼈다.

일명 신의 오만이라 불린 영상.

훌륭한 선수라고 대충 둘러댈 수도 있었으리라. 하지만 그러지 않았다. 이신이 거짓말을 하고 있지 않다는 것을 그녀는 느낄 수 있었다.

너무나도 오만한데, 그것이 꾸밈없기에 더욱 기가 찼다.

대체 어떤 사람일까?

궁금해져서 이신에 대해 알아보았다. 그의 예전 경기를 보며, 그의 플레이를 보며 점차 매료되었다.

순간순간에 번뜩이는 지성을 보여주는 천재적인 플레이에 그녀는 흥분을 느꼈다.

저렇게 잘생긴 남자가, 저렇게 지적이어도 된단 말인가!

그 뒤로 그녀는 이신의 행적을 쫓아다녔다. 일거수일투족을 지켜보면서 점점 그에게 몰두하였다.

어느 순간 정신 차렸을 땐 이미 돌이킬 수 없을 지경까지 푹 빠져든 상태였다. 심지어는 이신교의 교주, 즉 팬클럽 회장이 되어 있었다.

그녀는 성실한 성격이었다. 일단 역할을 맡은 이상 아주 성실하게, 누구보다도 뛰어나게 일을 해낸다.

이신이 손목 부상으로 잠정 은퇴한 기간 동안 이신교도 주춤했었다. 전 교주 '신님의품격'도 충격으로 몸져누워 교주직을 반납했다.

그때 뒤를 이어 교주가 된 사람이 바로 그녀, 닉네임 '인의예지신님'이었다.

IT 미디어 신흥 재벌의 딸인 그녀는 인터넷의 속성을 아주 잘 알고 있었다. 그녀는 아버지로부터 보고 배운 경영적 판단을 총동원해 이신교를 살리기 시작했다.

여러 가지 콘텐츠 확보와 활동들을 통해 이신교는 도리어 회원 수가 증가했다.

이신을 습격한 무뢰배의 음모에 맞서기 위해서는 우리가 열심히 활동을 해야 한다는 분위기를 주도해 낸 결과였다.

회원 수 증가와 더불어 광고 수입으로 유용할 수 있는 자금이 늘자, 탐정까지 고용해 손목 습격 사건을 조사하게 했다.

교도들은 그런 엄청난 카리스마를 보여준 교주를 신뢰했고, 네티즌들을 그녀를 재능 낭비의 아이콘이라 불렀다.

—사랑합니다.

문득 들리는 문자 메시지 알림음.

'어머!'

그녀는 냉큼 스마트폰을 집어 들었다.

이신의 목소리를 녹음해서 만든 알림음이었다. 이 알림음이 울리도록 등록한 사람은 이 세상에서 딱 한 사람뿐이었다.

—신 님♡ : 차를 사려고 하는데 추천 좀 해주세요.

이신의 문자 메시지였다.

이신교의 교주였고 여러 가지로 생활상의 편의까지 지원해 준 덕에 그와 자주 연락을 하는 사이가 된 것이다.

'요즘 시대에 아직도 SMS를 보내는 신 님도 멋져!'

눈에 콩깍지가 쓰인 그녀에게는 별게 다 멋져 보였다.

—차를 사시게요?

—신 님♡ : 네.

—그런데 신 님 운전 싫어하셨잖아요. 그래서 제가 차 선물하려고 했을

때도 거절하셨고 ㅠㅠ

—신 님♡ : 제가 차를 선물 받을 이유가 없고 운전은 지금도 싫습니다.

—그럼 차를 왜 사세요?

—신 님♡ : 있으면 편리. 뒷자리 편한 차 추천.

'아, 문자 쓰기 귀찮아지셨다.'

갑자기 말이 짧아진 문자 메시지를 보고 그녀는 귀신같이 눈치챘다.

좀 더 많은 대화를 시시콜콜 주고받고 싶었지만, 이쯤 해두기로 했다.

실은 차를 사려 한다는 말을 꺼냈을 때, 이미 그녀는 이신이 뭘 원하는지 알고 있었다.

—뒷자리가 편안한 차는 역시 롤스로이스 팬텀이죠! 쉽게 구할 수 있는 차가 아니니까 제가 사서 보내드릴게요. 실력 좋은 운전사도 같이 구해서 보내드릴게요.^^

—신 님♡ : 얼마?

—제 선물이에요 ^^

그냥 한 번 찔러봤다.

—신 님♡ : 필요 없음.

—ㅠㅠ 견적 나오는 대로 금액 알려드릴게요. 근데 집 사고 이것저것 하

시면서 돈 얼마 안 남으셨잖아요. 연봉도 박봉이라고 하던데 ㅠㅠ

그녀의 기준으로 연봉 1억은 박봉이었다.

—신 님♡ : 또 벌면 됨. 그럼 이만.

—네^^ 오늘도 행복하고 건강하세요!

—신 님♡ : 네.

그녀는 문자 메시지 대화를 보고 또 보면서 황홀감에 잠겼다.

'늘 변하지 않은 모습으로 있어줘요.'

세월이 흘러도 늘 같은 모습의 이신을 보며, 지금처럼 여전히 두근거릴 수 있기를 그녀는 희망했다.

*　　　*　　　*

MBS 연습생 숙소.

같은 MBS 소속이라도 숙소는 등급에 따라 달랐다.

1군은 1인 1실.

2군은 2인 1실.

그리고 정식 프로가 아닌 연습생들은 4인 1실로 생활해야 하며, 청소·빨래·설거지 등은 각자 알아서 해야 하는 열악한 처지에 놓여 있었다.

그나마도 e스포츠가 탄생한 지 얼마 되지 않은 초창기에 비하면 훨씬 대우가 좋아진 것이라고 한다.

그렇지만 연습생 시절이 힘든 건 마찬가지였다.

생활환경보다는 바로 그들 자신의 불투명한 미래 때문이었다.

'까놓고 얘기하자. 안 되는 놈은 안 돼. 나도 마찬가지고, 내가 보기에 너도 마찬가지야.'

한때 연습생 동기였던 친구의 말을 떠올리며 백지수는 심란해졌다.

올해로 벌써 스무 살.

아무것도 해보지 못한 채 어른이 되어버린 백지수는 하루하루 먹어가는 나이가 무서웠다.

아직 1군은커녕 2군의 벽도 뚫지 못했다.

프로게이머로 지낼 수 있는 연령은 제한되어 있는데, 백지수는 시작도 해보지 못하고 벌써 스물이었다.

'정말 난 안 되는 걸까?'

연습생에서 1군까지 다이렉트로 1개월 만에 뚫어버린 주디를 떠올리며, 백지수는 한탄할 수밖에 없었다.

외국인.

심지어 남자도 아닌 예쁘장한 소녀가 순식간에 자신이 그토록 꿈꾸던 곳으로 올라가 버리는 걸 보며 얼마나 좌절했던가.

나도 한번 해보자 하는 독기로 더 노력하는 사람이 있는가 하면, 좌절감을 느낀 연습생들도 적지 않았다. 백지수는 그중 후자였다.

'안 되는 거 계속 붙잡고 있지 말고, 너도 나처럼 빨리 나와서 방송이나 해. 내가 팍팍 밀어줄 테니까.'

연습생 동기였던 친구 박한영은 아마추어리그에서 턱걸이로 준프로 자격을 획득했지만, 2군의 벽은 뚫지 못한 케이스였다.

하지만 박한영은 연습생을 관두고 나와서 파프리카TV의 게임 BJ로 전환, 큰 성공을 거두었다.

실력은 모자라지만 워낙에 좋은 입담을 유감없이 발휘해 개인방송의 스타 BJ가 되었고, 지금은 수익이 웬만한 1군 선수를 능가한다고 했다.

똑같이 힘든 연습생이었던 박한영이 어느 날 머스탱 쿠페를 타고 나타난 것을 보고 백지수는 심장이 멎을 것 같은 충격을 받았다.

비싼 곳에서 밥까지 사준 박한영은 백지수에게 같이 개인방송 BJ를 하자고 꼬드겼다.

자기가 밀어주면 금방 자리 잡고 고정 팬을 모을 수 있다고 했다.

그리고 박한영 본인 또한 함께 방송하는 콤비가 있으면 방송 콘텐츠가 더 많아져서 좋다고 했다.

나쁘지 않은 이야기였다.

거기까지는.

"근데 여태까지 연습생 하면서 고생했는데 퇴직금은 받아서 나와야 하지 않겠냐?"

그렇게 시작된 박한영의 제안은 놀라웠다.

"이신, 1군 테스트 했었지?"

거기서 이미 백지수는 박한영이 무엇을 원하는지 깨달았다.

멱살을 잡고 그것 때문에 날 불렀냐고 화를 냈다. 그러자 박한영도 덩달아 화를 내며 소리쳤다.

"씨발, 넌 억울하지도 않아? 숙소에서 한 방에 네 명씩 처박혀서 청소하고 빨래하고 설거지하면서, 그래도 게임 해보겠다고 시간 보냈잖아. 남들 다 공부해서 대학 가고 연애하고 척척 자기 인생 살 때 우리만 허송세월을 보냈다고!"

그렇게 화를 내는 박한영은 진심으로 보였다.

"근데 팀이 우리한테 해준 게 뭔데? 우린 그렇게 인생을 걸어야 했는데, 팀은? 그냥 되면 좋고 안 되도 그만, 그런 거 아냐. 우리 장래를 위해서 무언가 챙겨준 거라도 있냐? 그런 거 없으면 우리가 알아서 챙겨야지, 안 그래?"

"……."

박한영은 백지수의 손에 USB 메모리 스틱을 건넸다.

"이거 이신 컴퓨터에 꽂기만 하면 돼. 넉넉잡고 15분이면 충분하다더라."

멍하니 그것을 본 백지수는 이윽고 박한영을 노려보았다.

"너, 나 속이는 거면 정말 칼 들고 찾아간다."

"아 새끼가 진짜. 개인방송 같이하자는 것 진심이라니까? 막말로 내가 너 속여서 빼내오게 하고서는 모른 체했다고 소문나면? 내가 그러고도 방송으로 먹고살 수 있을 것 같아?"

'그건 그렇지.'

하기야 워낙 친한 사이였던 두 사람이었다. 박한영이 자신에게 그런 짓을 할 것 같지는 않았다.

"한번 생각해 볼게."

그리고 밤이 되었다.

몇 번을 더 고민해 보던 백지수는 이윽고 결심했다.

지금까지 고등학교 동창들 앞에서도 부끄러웠던 자신의 처지를 한 방에 역전시킬 수 있는 기회였다.

'심각한 범죄도 아니잖아? 온라인에서 한 판 붙어도 남는 게 리플레이 파일인데.'

새벽녘에 백지수는 조용히 숙소를 나와 연습실로 향했다.

가는 길에 박한영에게 짧게 문자를 넣었다.

—곧 한다.

아무도 없는 연습실에 도착한 백지수는 조용히 USB 메모리 스틱을 이신의 자리에 있는 컴퓨터에 꽂고 전원을 눌렀다.

위이잉—

모니터에 윈도우 대신 이상한 화면이 떴다.

'설마 컴퓨터 맛 간 건가?'

덜컥 겁이 났다.

하지만 잠시 후 스스로 재부팅되었고, 다행스럽게도 원래의 윈도우 시작화면이 나타났다.

비밀번호를 입력하라는 윈도우 로그인 화면을 보며, 백지수는 안심하고 USB 메모리 스틱을 뽑았다.

다음 날, 백지수는 연습생을 관두고 MBS를 떠났다.

*　　　*　　　*

"안녕하세요, 형님들. 박한영입니다. 와, 시청자 숫자 봐라. 정말 많이 와주셨네요. 불금인데 뭐 하러 여기 왔대."

시청자 채팅창이 'ㅋㅋㅋ'로 도배되었다.

"근데요, 오늘 진짜 잘 오신 거예요. 제가 진짜 구하기 힘든 영상을 손에 넣었거든요."

—??

—영상?

—야동?

—헐, 야동? 공유 좀!

—ㅋㅋㅋㅋ

—이렇게 19금 방송이 되었다.

—파프리카 퇴출 각이다!

—ㅋㅋㅋㅋㅋ

—철컹철컹?

박한영은 피식 웃으면서 말했다.

"에이, 형님들 무슨 말씀을. 그런 건 불금에 집에서 방송이나 보는 형님들이나 보는 거고요. 이건 진짜 귀한 영상이에요."

—그냥 간단히 말해라. 미제냐 일제냐?

—이 색기 이제 별사탕 받고 야동 틀어 주냐?

—야동 BJ ㅎㄷㄷㄷ

—ㅋㅋㅋㅋㅋㅋㅋㅋㅋ 병신들 ㅋㅋㅋ

"아, 진짜 그런 거 아니라니까요!"

박한영은 시청자들과 옥신각신하며 시간을 보냈다.

시청자들이 재미있어 하니 이런 식으로 노닥거리며 시간을 보내는 것도 방송의 묘미였다.

—난국산만본다 님께서 별사탕 100개를 선물하셨습니다!

—10테라도모자라 님께서 별사탕 100개를 선물하셨습니다!

—뭔데빨리틀어 님께서 별사탕 69개를 선물하셨습니다!

"우와, 별사탕 100개! 100개, 또 69개… 감사하긴 한데 닉네임이 그게 뭐예요, 진짜!"

박한영은 너스레를 떨면서 시청자들을 궁금하게 만들었다.

—아, 현기증 날 것 같아 ;;

—야동 드립 그만 치고 빨리 좀 말해봐! 뭔데?

—야, 이 새꺄, 별 팔이 작작 좀 하고 이제 좀 말해봐.

—슬슬 ㄴㅈ

—ㄴㅈ

—계속 시간 끌면 노잼이다.

—ㄴㅈ

시청자들이 성질내기 시작하자 박한영은 그제야 떡밥을 더 던지기 시작했다.

"여러분, 이신 좋아하시죠?"

—???

—얘 뭐래?

—지금 한국 e스포츠 팬들한테 이신 좋아하냐고 물었냐? ㅋㅋㅋㅋ

—이신 싫어하면 역적 되는 나라 아니냐 이 나라가 ;;

—설마 이신 영상?

—이신 선수 좋아하시죠? ㅋㅋㅋ

—오늘 들은 최고의 드립 같다 ㅋㅋㅋ

—네가 그러니까 MBS에서 게임 대신 설거지한 거임.

"에이, 알았어요, 알았어. 그럼 다들 이신이 선수 복귀한 것도 아시죠?"

당연하게도 시청자 채팅창에 긍정의 글들이 올라왔다.

박한영은 천천히 뜸 들이며 말했다.

"오랜만에 복귀하는 이신 선수의 실력이 어느 정도인지 궁금하지 않으세요? 소문은 무성한데 아직 확인된 건 없잖아요. 예를 들면, 테스트에서 1군 10명과 겨뤄서 전부 격파했다는 소문이라든지……. 근데 직접 눈으로 확인된 건 없잖아요, 그죠?"

그제야 시청자들은 박한영이 말한 귀한 영상이란 게 무엇인지 깨달았다.

"아, 근데 우연인지, 마침 제가 또 MBS팀 소속이었네요? 또 아직 팀 안에 아는 친구도 많고… 이야, 이거 참 공교롭네."

—설마 이신 경기 영상이냐?

—최근 영상?

—이래 놓고 옛날 경기 영상이면 진짜 죽여 버린다.

—이 색기! 그런 귀한 영상을!

—얼마면 되겠니?

"에이, 지금 당장은 아니고 오늘 저녁에 제가 해설을 하면서 한 번 보여드리려고요. 아, 정말 죽이는데 어떤 영상인지 말은 못 하겠고… 아!"

그렇게 박한영은 적당히 광고를 해두었다. 명확하게 밝히는 건 피했지만, 어쨌든 이신의 최근 비공식전 영상을 공개한다는 뉘앙스를 풍긴 박한영의 의도는 먹혀들었다.

다시 복귀한 이신의 최근 경기력이 어느 정도인지 궁금했던 팬들의 관심에 불을 지핀 격이었다.

그 사실이 일파만파 퍼져 나가면서 파프리카TV의 유저들 중 스페이스 크래프트를 아는 이들이 박한영의 저녁 개인방송으로 모여들었다.

"안녕하세요, 좋은 저녁이네요."

박한영은 의기양양하게 방송을 시작했다.

시청자가 무려 3만 명이었다.

게다가 자꾸만 늘어나서 버퍼링까지 생길 지경이었다.

'됐어, 성공이야!'

시청자를 잔뜩 끌어모으는 데 성공했다.

일단은 백지수에 대해서는 함구해 어떻게 영상을 구했는지는 비밀로 할 참이었다. 그러면 문제 삼더라도 증거는 없는 것이다.

'이 정도는 봐줘도 되잖아?'

MBS의 숙소와 연습실에서 바친 어린 시절을 생각하면, 이 정도 보상은 당연하다고 박한영은 생각했다.

"자, 형님들! 제게 우연히 구한 리플레이 파일이 10개 있는데요, 누구의 게임 파일인지는 굳이 말하지 않겠습니다. 왜냐면 논란이 될 수도 있거든요. 그냥 그러려니 하고서 보세요."

—ㅋㅋㅋ

—굳이 말할 필요 없음 ㅇㅇ

—어차피 아이디 보면 다 나올걸 ㅋㅋ

—신이시여!

—빨리 보고 싶다!

—서론 때려치우고 ㄱㄱㄱㄱ

—리플레이 10개 ㅋㅋㅋ 뭔지 알겠다.

—딱 10게임이네 ㅋㅋ

—이신이 테스트에서 MBS 1군 10명을 처발랐다는 그 게임인가요?

—아 현기증… 빨리 시작해!

—얼른해라 님께서 별사탕 82개를 선물하셨습니다!

—C발빨리 님께서 별사탕 1882개를 선물하셨습니다!

난리도 아니었다.

별사탕이 미친 듯이 터지고 워낙 많은 시청자 탓에 채팅창이 휙휙 내려갔다.

"그럼 지금 1세트 시작합니다!"

그렇게 중계가 시작되었다.

—Good_jjab : GG요!

—Kaiser : Good game.

"자, 누구 대 누구인지는 밝히지 않겠습니다!"

—ㅋㅋㅋㅋㅋㅋㅋ

—에이, 말 안 해주니까 누구랑 누가 하는지 모르겠네? ㅋㅋ

—ㅋㅋㅋㅋㅋ

—짭신!

—헐, 신 대 짭신이다!

—진짜와 가짜의 대결 ㅎㄷㄷ

또다시 시청자들 사이에서 웃음이 터져 나왔다.

1세트는 이신 대 박신의 대결이었다.

"빌드 오더가 두 선수의 성향대로 갈렸네요. 짭, 아니, 박신 선수는 무난한 1병영 더블을 가져갔고, 그에 반해서 이신 선수는 앞마당 확장 기지 대신에 기갑정거장을 건설하기 시작합니다! 설마, 옛날의 2기갑 빌드는 아니겠죠?"

박신이 먼저 앞마당 확장 기지를 가져갔다.

이신은 기갑정거장을 하나 짓고 고속전차를 1기 뽑고 나서야 앞마당 확장 기지 건설을 시작했다.

보다 확장에 늦었으니, 이제 이신은 박신에게 반드시 피해를 입혀야 했다.

고속전차 1기가 생산되자마자 상대방의 진영으로 달렸다.

그런데 건설로봇 2기도 따라 나섰다.

"어어? 일꾼을 2마리나 붙입니다. 이건 치즈러시도 아니고, 좀 힘을 싣는데요?"

박한영은 놀라 소리쳤다.

"박신의 진영 앞은 이미 참호가 건설되어 있습니다. 보병 4마리가 참호 안에 들어가 있고, 저거 통과 못 해요! 본진으로 올라가는 입구에 일꾼 하나만 세워둬도 통과 못 합니다! 이거 좀 실수 하는 것 같은데……!"

그런데 그때였다.

박신의 앞마당 참호 앞에서 이신의 고속전차는 잠시 멈췄다.

조금만 더 앞으로 가면 참호 속의 보병들에게 총을 맞을 위치였다.

박신은 이미 공격을 봤기 때문에 앞마당에서 본진으로 들어가는 입구에 건설로봇 하나를 세워둔 뒤였다.

저길 뚫고 올라가려다간 건설로봇을 잡기 전에 고속전차가 폭사당한다.

그런데 뒤늦게 온 이신의 건설로봇 2기가 곧장 참호를 향해 돌격했다.

투타타타타—!

참호 안의 보병들이 일제히 두 건설로봇에게 사격을 가했다.

그 순간, 이신이 번개같이 움직였다.

건설로봇 둘이 서로를 수리하기 시작했다. 그리고 두 일꾼이 총알받이가 되어준 사이에 고속전차가 그대로 돌입했다.

터엉, 텅, 터엉! 퍼어엉!

고속전차의 공격 3방에 입구를 블로킹하던 건설로봇이 터졌다.

고속전차는 안으로 돌입했다!

서로를 수리하며 총알에 견디던 건설로봇 2기도 안으로 따라 들어갔다.

"우와! 방금 보셨어요?!"

—ㅎㄷㄷㄷ

—클래스 보소 ㅎㄷㄷ

—헐 ;;;

—일꾼 두 개 몸빵 대주고 안으로 들어갔다 ㅋㅋㅋ

—진짜 100% 이신이다 ㅠㅠ

—저런 플레이가 보고 싶었어요! ㅠㅠ

엄청난 컨트롤에 모두가 경악했을 때였다.

때마침 이신의 본진에서는 지뢰 개발이 완료되었다.

"와! 지뢰 매설합니다! 지뢰 개발이 완료됐어요! 시간이 딱딱 맞아떨어졌어요! 진짜 대박입니다!"

초단위로 딱딱 시간이 맞아 떨어지는 치밀한 타이밍!

고속전차는 입구에 지뢰를 매설해 참호의 보병 4명이 쫓아오지 못하게 막았다. 그러고는 박신의 본진을 누비기 시작했다.

박신은 당황했는지 본진에서 식량·광물을 채집하던 건설로봇들을 총동원해 반격했다.

그러나 그 순간, 이신의 센스가 빛났다.

따라 들어온 건설로봇 2기가 병영을 건설해 길을 막아버린 것이다.

길이 막혀 건설로봇들이 고속전차를 쫓아가지 못했다.

고속전차는 멀리서 원거리 공격을 하며 박신의 건설로봇을 1기씩 폭사시키기 시작했다.

"박신이 피해를 좀 받고 있는데, 그래도 당황할 필요 없죠? 이제 기갑정거장에서 고속전차만 완성되면 금방 퇴치할 수 있는… 어어?!"

깜짝 놀란 박한영.

이신은 식량채집장 옆에 참호를 건설하기 시작했다. 게다가 길을 막기 위해 지어놓은 병영 2개에서 보병을 생산했다.

결국 참호가 완성됐다.

병영 2개에서 생산된 보병 2명이 참호 안에 들어갔다.

타타타타타타!

결국 박신은 건설로봇들을 전부 앞마당 쪽으로 피신시켜야 하는 사태를 맞이하게 되었다.

그 또한 기갑정거장에서 고속전차를 뽑았지만, 참호의 보호를 받는 이신의 고속전차를 격파할 수 없었다.

그렇게 괴롭힘을 당하는 사이에 이신의 본진에서는 계속 병력을 뽑고 있었다.

박신은 그렇게 이신의 견제에 끝없이 시달리다가 총공세를 맞아 GG를 선언했다.

"박신 GG!! 이신 선수가 가뿐하게 1승을 챙겼습니다! 와, 이분 진짜 신이네요!"

—신이시여!!

—ㅇㅅㅇ!!

—어떻게 저런 생각이 즉흥적으로 나오는 거냐?

—앞마당에 참호 지어놨으면 디펜스 끝난 건데, 저걸 뚫어 ㅋㅋㅋㅋ

—박신도 실수했지. 이신이 일꾼 2개 같이 데리고 나타났으면 자기도 입구 블로킹에 일꾼을 더 동원했어야지. 일꾼 2개쯤…….

—그랬으면 그 일꾼부터 신의 고속전차가 사냥했을 거라고 생각되지 않냐?

—신이 확실하시다 ㅠㅠ

—이런 명경기를 보고 싶었어!

—신이시여, 돌아오셔서 감사합니다!

박한영의 방송국이 열광의 도가니에 휩싸였다.

어디서 구했는지는 모르겠지만, 이런 게임을 보여준 박한영에게 시청자들의 별사탕 선물이 쏟아졌다.

박한영은 별사탕을 선물한 사람에게 일일이 감사를 표하면서도 다음 경기 리플레이 파일을 열었다.

2세트는 이신 대 최찬영이었다.

최찬영은 MBS의 주전 괴물 플레이어로, 최근 부진을 면치 못하고 있었다.

게임은 싱겁게 끝났다.

최찬영이 과감하게 5벌레 빌드를 감행한 것이었다.

일벌레 5마리째에 바로 바퀴를 생산하는 도박성 전략!

"아, 치사하게 5벌레 러시가 뭡니까! 아아, 물론 치사한 건 아니에요. 10세트짜리 경기잖아요. 한 번씩은 저런 식의 기습적인 전략도 나오는 법이죠. 프론데요."

정찰 방향도 좋았다.

일분일초가 시급한 최찬영은 한 번의 정찰로 이신의 본진 위치를 파악했다.

생산된 바퀴 6마리가 그대로 이신에게 빠르게 돌진했다.

일반적인 경우라면 최찬영의 전략은 먹혀들었다고 봐야 했다. 이신은 건설로봇밖에 없는 무방비 상태였으니 말이다.

하지만 최찬영은 이신의 전율스러운 디펜스를 보여주는 희생양이 되고 말았다.

쏟아져 나와 입구를 막은 건설로봇들이 서로를 수리하며 철통같이 블로킹했다.

뒤늦게 생산된 보병 1명이 뒤에서 총을 갈겼다.

"아… 저게 사람의 컨트롤인가요? 바퀴 6마리를 막았는데 일꾼을 1기밖에 안 잃었어요! 와, 어떻게 저런……!"

박한영은 보고도 믿을 수 없다는 반응이었다.

"5벌레 빌드를 했는데 저렇게 처참하게 막혀 버리면 대체 괴물더러 어쩌란 거죠?!"

그 역시 괴물 플레이어였던 것이다.

슈퍼 플레이 퍼레이드였다.

상대는 정말로 모두 MBS의 1군 선수의 아이디였고, 이신은 그들을 하나둘 격파하고 있었다.

압권은 인류 플레이어 김영표와의 대결이었다.

김영표는 인류 대 인류 전에 강한 타입이면서, 늘 인류를 상대로 만났다 하면 수면제 같은 지루한 장기전이 벌어지기로 유명했다.

하지만 이신과의 대결은 수면을 불러일으킬 틈이 없었다.

빠르게 병력을 이끌고 치고 내려간 김영표는 전선을 구축하여 이신을 6시, 7시, 9시 지역으로 가둬두었다.

나머지 지역을 전부 차지해 장기전 양상에서 월등한 자원 우위를 보고자 한 전략이었다.

하지만 이신은 차근차근 인구수 최대치인 200 병력을 모은 뒤에 반격에 나섰다.

이신은 디펜시브 지뢰 컨트롤을 다시금 선보였다.

디펜시브 실드에 걸린 고속전차 2기가 적 방어선에 돌진.

지뢰 2개를 매설하고, 즉시 전술위성 2기가 다시 그 지뢰에 디펜시브 실드를 건다.

디펜시브 실드로 보호된 지뢰는 김영표의 고속전차 일점사에 제거되지 않고 주변의 다수 유닛과 함께 폭발했다.

그렇게 구멍이 뚫린 방어선을 이신은 매우 빠르게 돌파했다.

"우와아아아!!"

기절할 것처럼 놀라는 박한영. 채팅창도 시청자의 경악으로 도배되었다.

—디펜시브 지뢰 ㅠㅠ

—입스페가 또 실현됐다!

—저걸 아무렇지 않게 하네. ;;;

—신이시여!! ㅇㅁㅇ!

—제가 그동안 배교자였습니다. 다시 이신교에 복귀하겠습니다, 신이시여 ㅠㅠ

이신은 곧장 김영표의 1시 본진으로 진격했다.

본진은 병력을 생산할 기갑정거장이 있는 매우 중요한 지역이었기에 반드시 지켜야 했다.

김영표는 전 병력을 1시 본진에 모아 방어선을 구축했다. 나름대로 발 빠른 대처라고 할 수 있었다.

하지만 이신은 1시 앞에 지뢰만 잔뜩 매설해 놓은 뒤에, 방향을 돌려 3시와 5시의 확장 기지 두 개를 동시에 들이쳤다.

아차, 싶었던 김영표도 확장 기지 보호를 위해 병력을 움직이려 했지만, 앞에 잔뜩 매설된 지뢰 때문에 시간이 지체되었다.

폭풍처럼 확장 기지 두 개를 휩쓸고 썰물처럼 후퇴한 이신.

그러나 소규모의 고속전차는 계속 남아서 여러 지역으로 게릴라 테러를 감행했다.

김영표가 게릴라에 정신없이 휘둘리는 동안, 이신의 확장 기지와 병력은 기하급수적으로 늘어났다.

전성기 시절보다 확장과 물량 면에서 더 강해진 모습이었다.

—예전보다 훨씬 안정적인데 내 착각인가?

—ㅇㅇ 맞음. 나도 그런 느낌 들었음.

—예전에는 아주 말려 죽이겠다고 견제를 무한으로 퍼부었는데, 지금은 견제와 확장·물량이 병행되고 있음.

—최영준과 이신이 퓨전을 한 것 같다. NEO 신이시다!

—예전보다 더 발전된 모습이야 ㅠㅠ

—근데 템포는 조금 떨어진 듯?

—ㄴㄴ 확장과 물량을 병행하니까 속도가 느려 보이지.

—동의. 저 규모의 병력으로 저 스피드를 내는 거면 존나 빠른 거다.

—아, 이제 나이 먹고 부상 때에 허접됐을까 봐 존나 걱정했는데. ㅋㅋㅋ 누굴 걱정한 거지 내가 ㅋㅋㅋㅋ

그리고 3분 뒤에 승패가 갈렸다.

이신의 빠른 템포에 시달린 김영표는 병력 기동 속도의 차이를 극복하기 위해 항공수송선을 잔뜩 만들었다.

항송수송선에 병력을 가득 태우고 이동시켰지만, 이신이 그걸 읽고 카운터로 준비한 스텔스 전투기에 모조리 격추되었다.

그 직후 김영표는 GG를 선언했다.

별사탕이 쏟아졌다.

박한영의 입가에 웃음이 걸렸다. 아직 6게임이나 더 남아 있었다. 오늘로 파프리카TV 시청자를 완전히 쓸어버릴 수 있을 듯했다.

*　　　*　　　*

—신께서보고계셔 : 교주님!

별장에서 휴식을 만끽하고 있는 그녀에게 어느 날 채팅 메시지가 도착했다.

—네?

—신께서보고계셔 : 당장 채팅창!

—네네.

그녀는 노트북을 열고 채팅창에 접속했다.

—인의예지신님 : 무슨 일들이세요?

—이신교순교자 : 교주님! ㅠㅠ

—신께서보고계셔 : 큰일 났어요!

채팅방에 모인 대사제들이 하나둘 성토하기 시작했다.

웬 파프리카의 BJ 놈이 멋대로 이신의 리플레이 파일을 공개하며 돈벌이를 하고 있다는 게 아닌가!

그것도 이신이 MBS 1군 10인을 올킬시킨 테스트의 리플레이 파일을 말이다!

그녀의 눈에 불똥이 튀었다.

—인의예지신님 : 팀 내의 누군가가 유출한 모양이네요.

—이신순교자 : 신고해야 하지 않나요? 웬 놈이 우리 신 님을 돈 벌이에 이용하다니!

—신께서보고계셔 : 물론 신 님의 플레이는 예술이지만……!

—인의예지신님 : 일단은 그 방송부터 중단시켜야겠네요. 뒷북 쳐 봐야 재미는 다 본 뒤일 테니까요. 그 BJ 이름이?

—신님의옷이될래 : 박한영이요. 스무 살쯤 된 녀석이에요. 아직 어려서 지가 뭔 짓을 했는지 심각성을 잘 모르나 봐요.

—인의예지신님 : ㅇㅋ

그녀는 서늘한 눈빛으로 자신의 스마트폰을 꺼냈다.

'파프리카TV 사장 번호가 어디 있더라?'

주소록을 슥 훑어보다가 발견했다.

'죽었어!'

그녀는 으르렁거리며 통화 버튼을 눌렀다.

—여보세요?

30대 후반쯤 된 듯한, 사업가치고는 비교적 젊은 사내의 목소리가 울려 퍼졌다.

"저 지수민이에요."

—어이쿠, 지수민 부사장님. 무슨 일이십니까?

"지금 방송 중인 박한영 BJ가 불법적인 수단으로 손에 넣은 리플레이 파일로 게임 중계를 하고 있는데도 그대로 놔둬도 되나요?"

—예? 박한영 BJ?

"그쪽에서 활동하는 게임 BJ라고 하네요. 지금 저희는 이신 선수를 대신해서 법적 대응 준비를 하고 있는데, 일단 지금 하고 있는 그 방송부터 중단시켜 주세요."

—아, 아, 예!

"방송 즉각 중단, 해당 방송으로 취득한 별사탕 일체 동결, 계정 영구 정지, 알아들으셨나요?"

—예, 예!

"현재 시간은 저녁 7시 21분이고, 얼마나 조치가 빠르냐에 따라 법적 책임이 파프리카TV 측에도 미칠지 여부가 결정될 것 같네요."

—지금 당장 조치 취하겠습니다. 염려 놓으십시오.

"지켜볼게요."

통화를 종료하고서 그녀는 이어서 변호사에게 연락해 법적 대응 준비를 하게 했다.

마지막으로 이신에게 문자 메시지를 보내 이 사건의 경위를 짧게 요약해서 보냈다.

* * *

박한영이 한창 열심히 방송을 하고 있을 때였다.

갑자기 그의 개인방송의 영상이 검게 물들며 먹통이 되었다.

그리고 채팅창 역시 동결되어 누구도 채팅을 할 수 없게 되었다.

이어서 채팅창에 메시지가 뜨기 시작했다.

—안녕하십니까. 파프리카TV의 운영자입니다.

본 방송은 불법적으로 취득한 영상물을 허가 없이 유포한 것으로 민·형사 처분의 대상이 될 수 있음을 알려드리며, 이에 따라 방송을 중단시키게 되었습니다.

BJ 박한영 님은 이 시간 부로 계정이 영구 정지되며, 금일 불법행위를 한 방송에서 취득한 별사탕은 일체 동결되어 차후 선물하신 시청자 여러분께 환불 조치됩니다.

불미스러운 일이 일어난 점 시청자 여러분께 정중하게 사과드리며, 앞으로 밝고 건전한 스트리밍 방송 문화가 될 수 있도록 노력하겠습니다.

감사합니다.

*　　　*　　　*

시청자들은 어안이 벙벙해졌다.

방송이 시작된 지 겨우 1시간 30분 만에 벌어진 빠른 조치였다.

보통 아무리 방송 사고가 나도 사회적 논란이 일어나기 전까지는 의도적으로 방치해 놓는 파프리카TV 운영진이었다.

때문에 이런 순발력 있는 대응에 시청자들은 적응을 하지 못하고 혼란을 느꼈다.

누구보다도 놀란 건 바로 BJ인 박한영 본인이었다.
'이, 이게 뭐야?'
불법 취득.
민·형사 처분의 대상.
계정 영구 정지.
별사탕 일체 동결.
이제 갓 스무 살이 된 그에게는 무섭게 들리는 단어로 가득 채워진 운영자의 메시지였다.
'이럴 리가 없는데……!'
박한영의 얼굴에서 핏기가 사라졌다.
떨리는 손으로 파프리카TV에 재접속, 로그인을 해보았지만 다음과 같은 메시지만 떴다.

—영구 정지된 계정입니다. 로그인을 할 수 없습니다.

"아, 안 돼!"
몇 번이고 로그인을 시도해 보았지만 계속해서 실패했다.
"고작 리플레이 파일 갖고? 그딴 거 온라인에서 대전하다 보면 얼마든지 퍼질 수 있는 거잖아!"
이제 고작 스무 살.
거기에 고교 시절 대부분을 프로 팀에서 게임만 하며 보낸 박한영은 배움이 짧아 저작권과 명예 훼손에 대한 개념이 부족했다.
물론 이것이 문제가 생길 일이라는 건 알고 있었지만, 큰 처벌

받지 않고 유야무야 끝나리라고 예상했다.

지금까지 파프리카TV는 일부러 논란이 되는 BJ를 방치해 두면서 노이즈 마케팅을 해왔던 것. 문제가 되더라도 솜방망이 처벌만 할 뿐, 많은 시청자를 불러 모으는 스타 BJ를 보호하는 경향이 컸다.

고성방가나 성희롱에 가까운 방송 촬영, 도박, 노출 논란 등 수많은 문제가 일어났어도 해방 BJ가 파프리카TV로부터 퇴출당하는 일은 없었다.

박한영도 바로 그 점을 믿었던 것이었다.

하지만 영구퇴출이라니…….

그것은 지금껏 쌓아온 기반을 송두리째 잃는다는 뜻이었다.

위잉, 위잉.

갑자기 스마트폰이 마구 진동했다.

화면에 보이는 발신자의 이름은 백지수였다.

방송을 보다가 이 사태를 보고는 연락한 것이리라.

하지만 박한영은 멍하니 모니터만 쳐다볼 뿐, 전화를 받을 생각을 하지 못했다.

* * *

당연한 일이었지만, 수많은 프로게이머가 그 방송을 보았다.

사실 MBS의 1군 선수들과는 수없이 경기를 치러봤고 온라인에서도 종종 만나 대전했기 때문에 딱히 경기 영상을 본다고 특별히 더 얻을 게 있는 건 아니었다.

다만, 이신…….

선수로 복귀한다는 이신의 실력이 어느 정도인지는 e스포츠의 모든 관계자가 촉각을 곤두세우고 있었다.

그것이 마침내 밝혀진 것이다.

MBS 내부의 1군 테스트 10경기 중 4경기 정도만 공개됐지만, 이신의 실력은 그걸로 충분히 가늠할 만했다.

"와 나, 저 인간은 대체 정체가 뭐야?"

JKT의 1군 연습실.

식사 후 쉬는 시간에 파프리카TV를 보던 한 청년이 중얼거렸다

작은 키와 어두운 피부를 가진 대체적으로 못생긴 편의 외모였다.

하지만 게임 실력만큼은 한국에서 현존 최고라 불리는 청년이었다.

철벽괴물 박영호.

그런 박영호가 개인방송으로 본 이신의 플레이를 보고 황당해하고 있었다.

"뱀파이어야? 나이도 안 먹어? 왜 이렇게 잘해?"

7전 1승 6패.

이신과 그의 전적이었다.

박영호는 수많은 패배를 딛고, 이신을 이기는 방법을 연구했다.

그의 쉴 틈 없는 견제를 견뎌낼 수 있도록 디펜스를 연마했

고, 그것이 지금의 철벽괴물 스타일이 되었다.

그런데 지금 개인방송을 통해 본 현재의 이신은 옛날의 그 이신이 아니었다.

…더 진화했다.

빠른 견제 플레이와 더불어, 게임을 길게 보는 확장과 물량이라는 운영이 완벽하게 녹아들어 있었다.

맵을 크게 보고 게임을 길게 보는 최신 추세가 반영된 진화였다.

"아, 이젠 이 양반은 또 어떻게 이겨야 하는 거야."

예전 전성기 시절의 이신이 상대였다면 차라리 자신이 있었다. 그러려고 연마한 철벽 디펜스 운영이니까.

하지만 전성기 이신과 최영준을 짬뽕시켜 놓은 듯한 저 모습을 보니, 이길 수 있다고 장담하기가 힘들었다.

최영준, 황병철, 신지호…….

톱클래스에 있다고 인정되는 각 팀의 에이스도 이걸 보고 있을 터.

아마 자신과 마찬가지로 충격을 받았을 것이라고 박영호는 확신했다.

*　　　*　　　*

—…그렇게 해서 일단은 방송부터 중단시켰고, 박한영은 파프리카TV 계정이 영구 정지되었어요. 위임장만 서명해 주시면 나

머지 법적 조치는 신경 쓰실 필요 없게 제가 다 알아서 해드릴게요.

팬클럽 회장, 즉 이신교 교주 지수민의 말에 이신은 가만히 듣고 있다가 입을 열었다.

"누가 유출했는지는 짐작이 갑니다. 근데, 법적 조치를 취하면 두 사람은 어떻게 되는 겁니까?"

이미 팀 내에서는 얼마 전에 떠난 연습생 백지수를 유출 용의자로 꼽히고 있었다.

—형사 조치를 당해봐야 사실 집행유예 정도로 끝나지만, 개인 정보 침해 및 경제적 손실에 따른 보상금을 청구할 수 있어요. 신 님의 인지도와 기대감을 고려했을 때 아마 많은 비용을…….

"딱히 원하지는 않습니다."

—네?

"박한영은 이미 파프리카TV에서 퇴출됐으니 막대한 응징을 당한 셈이고, 백지수는 처벌하고 보상금을 청구하기에는 처지가 안됐습니다."

—에, 뭐 그렇긴 하죠. 박한영도 파프리카TV에서 쫓겨난 이상 다른 곳에서 방송을 계속한다 해도 고정 팬층을 송두리째 잃은 뒤이고…….

"그거면 됐습니다. 실질적으로 피해를 입은 사람도 사실 저보다 팀의 1군 선수들이고. 그냥 팀 차원에서 조치하게 놔두죠."

—네, 알겠어요. 아이, 신 님은 너무 착해서 탈이에요.

"그건 됐고, 차는 어떻게 됐습니까?"

—중고로 나온 매물을 찾았다는 이야기는 들었어요. 웬 출판사 사장 놈이 침 발라 놓긴 했는데 좀 어르고 달래면 돼요. 직원들 연봉도 쥐꼬리로 주는 영세한 출판사 사장 주제에 롤스로이스가 말이 되나요?

"얼맙니까?"

—호호, 얼마 안 되는데 제가 그냥 선물로…….

"필요 없습니다."

—흑, 아마 4억 선에서 될 거예요. 그런데 운전 면허증이 없으셔서 할부가 안 되고요. 아마 1년 치 보험료만 4천만 원 선인데 감당하실 수 있겠어요?

"문제없습니다."

—이런 차를 몰 만한 경험 많은 운전자를 고용하려면 연봉도 3천 이상은 생각하셔야 할 거예요. 정말로 감당할 수 있어요?

"문제없다고 했습니다."

—네네, 그럼 조만간 좋은 소식을 들려드릴게요.

통화를 마치고 이신은 곰곰이 생각에 잠겼다.

박한영과 백지수는 왜 그런 짓을 해야 했을까?

너무나 뻔한 의문이었다.

돈, 미래에 대한 불안.

숙소에서 연습생으로 생활한 기간은 몇 년 되지 않아도, 연습생에 들 정도의 실력을 얻기까지 수많은 시간을 더 게임에 투자했을 것이다.

그렇게 공부를 재껴두고 게임에 쏟았던 지난 세월을 만회하기 위해 그런 짓을 벌였으리라.

배움이 부족한 탓에 그게 처벌 대상이 됨은 물론 그렇게 벌어들인 돈도 회수당할 수 있다는 것조차 모를 정도로 어리석었고 말이다.

불투명한 장래와 경제적 곤궁함으로 인해 벌어진 사태.

아마 e스포츠에 몸담고 있는 수많은 선수와 연습생이 같은 고민을 안고 있지 않을까?

은퇴한 프로게이머의 경우만 봐도, 일이 잘 풀린 경우는 얼마 없었다.

지도자, 해설, 스타 개인방송 BJ가 된 케이스는 매우 드물고, 대부분은 카페나 음식점 창업 혹은 백수 생활 등 정년퇴직한 사람들과 비슷한 수순을 밟고 있었다.

이신은 곰곰이 생각에 잠겼다.

그는 게임을 사랑했다.

e스포츠를 사랑했고, 그 근간이 되는 선수들의 삶이 더 나아지기를 원했다.

그래야 그중에서 최고가 된 보람이 있는 것이다.

서양의 프로리그는 이미 e스포츠와 관련된 수많은 직종이 있어 은퇴한 프로게이머들이 선택할 수 있는 진로도 더 많았다.

'내가 그 선택지를 더 만들 수 있지 않을까?'

은퇴할 프로게이머들의 경력을 잘 활용할 수 있는 직종을 창업한다면 어떨까?

그런 생각이 이신의 뇌리를 스쳐 지나갔다.

'돈을 좀 더 열심히 벌어야겠군.'

이신은 곰곰이 돈 벌 궁리를 하기 시작했다.

*　　　　*　　　　*

결국 일은 박한영과 백지수가 찾아와 사죄하는 것으로 일단락되었다.

"죄송합니다!"

"죄송합니다!"

연습실 한가운데에서 무릎 꿇고 비는 두 사람.

그런 그들에게 MBS 선수들과 연습생들의 따가운 시선이 집중되었다.

두 사람은 차마 옛 동료들을 보지 못하고 고개를 숙였다.

그리고 방진호 감독은 그런 둘을 보며 착잡한 표정이 되었다.

이신에게 1군들이 올킬당한 굴욕 영상이 공개된 통에 매우 열이 받았던 방진호 감독이었다.

하지만 이렇게 무릎 꿇고 빌고 있는 걸 보니, 차마 강경한 조치를 취할 생각이 들지 않았다. 그래도 한때 자신이 데리고 있었던 어린애들 아닌가.

"니들은 이제 어떡할 건데?"

방진호 감독이 물었다.

박한영은 고개를 숙인 채 울먹거리며 말했다.

"군 입대를 신청했어요."

"군대?"

"예."

백지수도 함께 대답했다.

반성의 계기 삼아 군대를 가기로 했다니 좀 더 분노가 수그러진 방진호 감독이었다.

특히 박한영은 자신이 BJ로서 쌓아놓은 것도 송두리째 잃은 상황이라 더 무슨 응징을 하기도 뭐했다.

방진호 감독은 한숨을 쉬며 말했다.

"됐다, 됐어. 앞으로는 그런 짓하지 말고 성실하게 살아, 알겠냐?"

"예!"

"네!"

두 사람은 비로소 안심한 표정이 되었다.

처벌도 걱정이었지만, 이미 이신교의 교도들이 들고 일어나 온갖 커뮤니티를 뒤집어놓은 통해 큰 압박감을 느꼈던 두 사람이었다.

사실 군 입대도 그래서 선택하게 된 터라 이렇게라도 일이 일단락된 것에 안도감을 느꼈다.

그렇게 사죄가 끝나고 두 사람은 연습실에서 나왔다. 터덜터덜 힘없이 돌아가고 있을 때, 문득 뒤에서 누군가가 그들을 불러 세웠다.

"잠깐."

"네?"

"저희요?"

두 사람이 뒤를 돌아보았다. 그리고 얼굴이 창백하게 질렸다.

그들을 불러 세운 사람이 바로 이신이었던 것이다.

이신은 백지수를 재껴두고 박한영만을 빤히 쳐다보았다.

눈이 마주치자 찔끔한 박한영이 고개를 푹 숙였다. 할 말이 없었던 것이다.

"있다 저녁에 나 좀 보지."

"저, 저녁에요?"

"어, 오늘은 일찍 퇴근할 거니까 6시."

"저도요?"

백지수가 물었다. 이신은 손을 휘휘 저었다.

"넌 됐어."

"네……."

다소 안심한 백지수였다.

이미 이신교에게 충분히 공격을 당한 박한영은 이신에게 무슨 소리를 듣게 될지 몰라 안절부절못하였다.

하지만 그날 저녁, 단둘이 식사를 하면서 들은 이야기는 뜻밖이었다.

"BJ가 얼마 버냐고요?"

"어."

"그야 천차만별이죠. 여캠 남캠 애들은 진짜 잘나가면 월 몇 천씩 당기고요."

"여캠 남캠은 뭐야?"

"얼굴로 돈 버는 애들이요. 그런 애들은 시청자는 별로 없는데 좀 맛이 간 팬들 몇 명이 미친 듯이 별사탕 쏴줘요."

이신은 고개를 갸웃거렸다. 그로서는 이해할 수가 없는 세계였다.

"넌?"

"저는 게임 BJ라 방송이 재미있어야 해요. 게임 BJ들은 게임 실력이 좋거나, 말빨이 되고 미친 짓 잘해야 시청자가 많아지고 별도 잘 터져요."

"더 설명해 봐."

"네……. 뭐, 실력이 좋아서 멋진 플레이를 잘 보여주면 시청자들이 감명을 받아서 별사탕을 쏘곤 해요. 그리고 다른 게임 BJ랑 스폰빵을 해서 돈을 타기도 하고요."

"스폰빵?"

"예, 시청자가 대결을 주선해서 이긴 쪽에게 별사탕을 쏴주는 식의 게임이에요. 예전에는 BJ들끼리 별사탕 갖고 내기했는데, 이제 그런 내기는 사행성이라고 금지됐죠."

"넌?"

"저야 뭐 미친 짓하는 쪽이었죠. 게임 BJ들 중에 실력 좋은 사람이 너무 많아서, 제가 할 수 있는 건 말빨이랑 오버 액션밖에 없거든요. 실력 좋았으면 그런 짓 안 해도 돈 잘 벌었겠죠."

"흐음."

"그런데 선배님, 혹시 개인방송을 하시게요?"

이신은 고개를 저었다.

"아니."

"그런데 왜 그렇게 궁금해하세요?"

"…아는 사람이 개인방송에 관심이 많아서."

"아, 네……."

"근데 게임 잘하면 굳이 말 안 해도 돈 잘 번다 이거지?"

"네, 근데 실력 좋아도 게임 내용이 수면제처럼 재미없으면 싫어해요. 근데 이신 선배님 같은 스타일은 완전히 대박이죠. 그때 하셨던 디펜시브 지뢰 같은 컨트롤만 좀 보여줘도 별이 막……."

"보기 좋은 화려한 플레이라. 그런 건 별로 어려운 게 아닌데……."

이신은 잠시 사색에 잠겼다.

그런데 퍼뜩 사색에서 깨어나 보니, 맞은편에 앉은 박한영이 물끄러미 자신을 쳐다보는 게 아닌가.

"왜?"

"선배님, 방송해 보시려는 거죠?"

"나 말고 아는 사람."

"에이, 선배님 맞잖아요."

"나 아니라고."

"에이, 그러지 말고요."

박한영은 벌떡 일어나 의자를 이신에게 가까이 붙여 앉았다.

"방송을 하신다고만 한다면, 제가 이번 일에 대한 사죄의 의미로 여러 가지로 서포트해 드릴게요. 이래 봬도 한때 월 1천만 원씩 벌어들인 BJ예요. 지금은 망했지만요……."

그 말에 이신은 박한영을 빤히 바라보았다.

"그러고 보니 넌 이제 뭐 하고 살려고?"

"모르겠어요. 일단 군대 다녀와서 다시 방송을 하든 다른 일을 찾아보든 해야죠. 파프리카TV에서는 쫓겨나서 기반도 잃어버리긴 했는데, 방송할 수 있는 데가 거기만 있는 건 아니니까요."

대답을 해놓고는 한숨을 쉬는 박한영이었다.

이신은 고개를 끄덕였다.

"그건 자업자득이니 됐고, 그럼 하나 제안을 하지."

"뭔데요?"

"일단 이 일은 비밀이야."

"네, 비밀 지킬게요."

"그리고 이번 일을 도와주면 내 컴퓨터를 해킹한 것도 법적으로 문제 삼지 않겠다."

"아, 알았어요. 뭐든 시켜만 주세요."

이신은 나직이 미소를 지었다.

"그다지 어려운 일이 아니야. 너한테는."

*　　　*　　　*

이신교가 들불처럼 일어나 인터넷 커뮤니티란 커뮤니티는 죄다 박한영 비난글로 도배했고, 파프리카TV를 상대로도 불매 운동을 벌였다.

이에 따라 언론들도 이를 사회문제로 부각시키며 박한영과 기타 부도덕한 BJ들을 조명했다.

백지수는 드러나지 않아 묻혔지만, 유명 BJ인 박한영은 그야말로 사회적으로 매장될 정도로 심각한 비난 여론에 시달렸다.

이신의 신성불가침적인 존재감이 다시금 증명된 사건이라 할 수 있었다.

박한영은 죄를 시인하고 MBS를 찾아가 사죄한 덕분인지 빨리 용서를 받을 수 있었다.

이신과 함께 용산 전자 상가를 거닐고 있는 모습이 포착되어 언론에 알려진 것이다.

또한 이신교 역시 박한영을 용서한다는 이신의 뜻이 전달되어, 더 이상 박한영에 대한 분노를 사방팔방에 퍼뜨리고 다니는 행위를 중단하게 되었다.

그렇게 상황이 진정되고 있는 동안, 박한영은 이신과 함께 전자 상가를 돌아다니며 열심히 쇼핑을 하고 있었다.

"일단 컴퓨터는 무조건 좋으면 좋을수록 좋아요. 캠과 마이크도 당연하고요."

"어떤 게 가장 좋은 건데?"

"그야 당연히 사양을 최고급으로 다 때려 박아서 조립한 거죠."

"그럼 그렇게 해. 돈은 상관없으니까 무조건 최고로 좋게 해."

"네!"

결국 박한영은 용산에서 발품을 팔며 고르고 고른 부품들로 최고 사양의 PC를 조립해 주었다.

마이크와 캠을 세팅해 주고, OS와 방송 프로그램 등을 설치해 주었다.

"자, 이제 로그인해 보세요. 파프리카TV 계정 있으시죠?"

"어."

"아, 근데 아쉽네요. 형 같은 글로벌 스타는 파프리카TV보다 외국 쪽 스트리밍 서비스가 훨씬 좋은데. 꼭 이런 걸 쓰면서까지 신분을 숨기셔야 해요?"

박한영은 아쉽다는 얼굴로 흰 가면을 만지작거렸다.

"이미지 소모."

이유를 짧게 말하곤, 이신은 파프리카TV에 로그인했다.

닉네임은 Player_SIN이었다.

제8장

이블 홀

박한영의 도움으로 컴퓨터를 방송 환경에 맞게 세팅하고 테스트 방송까지 비공개로 해본 이신은 대충 요령을 터득할 수 있었다.

성의껏 도와준 박한영은 대신 면죄부를 받아 다시 개인방송을 시작했다.

물론 파프리카TV에서는 퇴출된 터라 처음부터 다시 시작해야 했지만, 그래도 파프리카TV에서 쫓아온 충성 팬들도 있어서 그럭저럭 해나가는 모양이다.

박한영의 꾐에 넘어가 함께 일을 공모했던 백지수도 함께 방송을 시작한 걸 보니, 군 입대 전까지는 그러고 지낼 모양이었다.

'내가 알 바는 아니지.'

볼일이 끝났으므로 이신은 두 사람을 기억 속에서 지워 버렸다.

그런데 그때, 문득 눈앞에 작은 흑색 점이 허공에 생겨났다.

흑색 점은 점점 커졌다.

이신은 그것이 그레모리의 부름이라는 것을 쉽게 알아차렸다.

'이번에는 놀라지 않게 불러주는군.'

이신은 그 흑색 점을 향해 손을 뻗었다. 흑색 점에 손이 닿자, 순식간에 몸이 빨려 들어가는 듯한 착각이 일었다.

파아아앗!

잠시 후, 눈을 떠보니 그레모리가 보였다.

"이번에는 놀라지 않았죠?"

"그렇군요."

"차 드세요. 막 내왔어요."

사방이 붉은 장미로 둘러싸인 정원.

하얗고 동그란 예쁜 티 테이블에 두 사람은 앉아 있었다.

고급스러운 티 컵과 접시에 홍차와 갖가지 모양의 디저트가 놓여 있었다.

이신은 홍차를 입에 가져가 조금씩 마셨다.

향긋한 차향이 머리를 맑게 정리해 주는 기분이 들었다.

"좋죠?"

"예, 좋은 차 같습니다."

"다음 서열로 도전을 하는 겁니까?"

"네."

그레모리는 다음 상대에 대해 간략하게 설명했다.

"현재 서열 69위에 있는 악마군주는 플라우로스예요."

"그의 계약자는 누구입니까?"

"사나다 마사유키라는 인물입니다. 아시나요?"

"이름은 들었던 것 같은데 잘 모릅니다."

"생전에는 뛰어난 지략가였다고 해요. 종족은 마물, 전장은 제5전장 이블 홀을 좋아하는 것으로 알고 있어요."

"붙어보셨습니까?"

"예, 예전에 그에게 패한 적이 있었어요."

그레모리는 한숨을 푹 내쉬면서 그때의 서열전을 설명해 주었다.

당시에 그녀의 계약자는 군주론으로 유명한 니콜로 마키아벨리.

마키아벨리는 무기 업그레이드가 이루어진 석궁병과 장창병, 방패병으로 구성된 병력을 이끌고 공격을 감행했다고 했다.

세 종류의 보병 병과의 조합으로 전투에서 승리하겠다는 필승 방책이었다. 로마사에 정통했던 그의 성향이 고스란히 담긴 전략이었다.

하지만 사나다 마사유키는 언덕이라는 지리적 이점과 빠른 마물들의 이동 속도를 이용하여 방어해 냈다.

또한 헬하운드들을 뒷길로 빼돌려 마키아벨리의 본진을 역습.

당황한 마키아벨리가 본진을 지키기 위해 병력을 회군시키자, 사나다 마사유키는 중간에서 그 병력을 포위 섬멸시켜 버렸다.

이야기를 들은 이신은 고개를 끄덕였다.

'스페이스 크래프트에서 인류가 괴물에게 패배하는 정석 패턴이군.'

이신은 제5전장 이블 홀의 지리적 특성을 알고 있었다.

전장 중앙이 탁 트린 벌판이라, 보병 전력으로 섣불리 나서서는 안 되는 지형이었다.

'마치 칸나에 섬멸전처럼 당해 버렸군.'

계약자가 된 후로 역사 공부를 틈틈이 해둔 이신.

한니발 장군이 발 빠른 누미디아 기병을 이용해 로마군을 포위 섬멸한 희대의 전투를 연상할 수밖에 없었다.

로마사에 정통했던 마키아벨리는 그야말로 그 당시 로마군처럼 당해 버린 셈이었다.

"대충 어떤 스타일인지 알 것 같습니다. 말씀하신 정보를 토대로 준비를 하겠습니다."

"그래요. 시간은 충분하니 만족할 때까지 준비를 하도록 하세요."

"예."

홍차와 디저트를 다 먹은 이신은 즉시 전장으로 보내 달라고 그레모리에게 요구했다.

"도전하는 쪽은 우리이니 시간은 많아요. 오늘은 쉬고 내일부터 천천히 하세요."

"괜찮습니다. 전 연습을 하고 싶습니다."

"연습이 즐겁다니, 어쩔 수 없는 분이로군요. 그 덕에 제가 이렇게 연승가도를 달리고 있지만요."
그녀는 이신을 제5전장 이블 홀로 보내주었다.
"질 드 레."
[사도 질 드 레를 소환하시겠습니까?]
"소환한다."
그러자 눈앞에 질 드 레가 나타났다.
"부르셨습니까."
"계약자 시절에 네가 즐겨 쓰던 종족이 뭐지?"
"마물입니다."
이신은 고개를 끄덕였다.
계약자의 6할가량이 마물을 사용한다고 들었다.
"잘됐군. 다음 상대는 마물이다. 내 연습 상대가 되어라."
"알겠습니다. 그런데 상대 악마군주와 계약자가 누구입니까?"
"플라우로스, 사나다 마사유키."
"그자로군요."
"싸워봤나?"
이신이 의외라는 듯이 물었다.
질 드 레는 서열 15위나 되는 악마군주 엘리고르의 계약자였었다.
서열 69위 플라우로스의 계약자인 사나다 마사유키와 서열전을 치른 일은 없는 줄 알았다.
"계약자로서가 아닙니다."
질 드 레가 그의 의문에 답해주었다.

"휴먼을 즐겨 선택하는 계약자에게 소환되어서 싸운 적 있었습니다."

"어땠나?"

"실체 없이 싸우는 자였습니다."

"그렇군."

"제 말뜻을 이해하시는군요?"

"이해했다."

질 드 레의 얼굴에 존경의 빛이 살짝 나타났다.

이신이 말했다.

"그 스타일을 그대로 흉내 낼 수 있겠나?"

"예, 가능합니다. 조금 꺼려지는 스타일이긴 합니다만."

이신은 고개를 끄덕였다.

e스포츠 프로리그에서 그런 스타일을 구사하는 괴물 플레이어들이 몇 있다.

그런 스타일은 안정성이 떨어지므로 아슬아슬한 줄타기 같은 승부가 될 수밖에 없었다.

그렇게 연습을 시작했다.

질 드 레는 확실히 제법이었다.

본래도 마물을 다루던 계약자 출신답게 매우 능숙했다.

초반부터 다수의 헬하운드를 소환해 민첩하게 전장을 누비며 이신을 압박했다.

초반에 취약해서 방어에 치중하고 소극적인 플레이로 시작할 수밖에 없는 휴먼의 약점을 제대로 공략해 들어왔다.

이신이 끝내 초반 격차를 극복하지 못하고 패하는 일이 잦아졌다.

"계약자님, 괜찮으시겠습니까?"

질 드 레가 걱정스레 물었다.

휴먼으로는 계속 패할 수밖에 없지 않느냐는 질문이었다.

"전장이 휴먼에게 불리하군."

"그렇습니다. 본진으로 이어지는 통로가 두 개나 있으니 마물을 상대로 방어가 어려울 겁니다."

그랬다.

특이하게도 제5전장 이블 홀은 본진에서 바깥으로 나가는 출입구가 두 개였다.

그리고 그 두 개의 출입구 밖에는 마력석 채집장도 두 개였다.

한마디로 스페이스 크래프트 식으로 표현하자면 앞마당과 뒷마당이 본진에 붙어 있다는 뜻이었다.

이 덕에 마물은 아주 손쉽게 확장 기지 두 개를 늘려 빠르게 몸집을 불릴 수 있었다.

그러고는 초반에 방어에 투자하지 않을 수 없는 휴먼과 마력량 격차를 크게 벌려놓고 압도적인 싸움을 펼치는 것이다.

웬만한 상대라면 이신이 운영 능력으로 격차를 극복시킬 수 있을 터였다. 하지만 질 드 레는 한때 상위 서열 악마군주의 계약자 출신답게 웬만하지가 않았다.

"사나다 마사유키도 만만한 상대라고 보기는 힘들지."

"차라리 일시적으로 종족을 바꿔보심은 어떠십니까?"

"상위 서열에도 휴먼을 고르는 계약자는 있겠지?"

이신이 거꾸로 반문했다.

질 드 레는 고개를 끄덕였다.

"그렇습니다."

"그들도 이곳 제5전장에서 마물과 싸울 때는 다른 종족을 고르나?"

"…그렇지는 않을 겁니다."

"그럼 됐다. 방법은 있어. 아직 내가 못 찾았을 뿐이지."

이신의 입장에서 훈련은 이제 막 시작되었을 뿐이었다.

중요한 경기를 앞두고 수십, 수백 판씩 연습 게임을 치르는 프로게이머의 입장에서는 아직 급할 게 없었다.

'일단은 무기 업그레이드 타이밍을 최대한 빠르게 해야겠군.'

이신은 제5전장의 특성에 맞춰 빌드 오더를 수정해 나가기 시작했다.

점차 질 드 레에게 압도적이었던 승패 스코어에서 이신의 승리가 조금씩 늘어나기 시작했다.

그리고 종국에는 질 드 레가 이신을 이기기가 힘들게 되었다.

질 드 레도 패턴을 바꿔가며 달리 상대해 보았지만, 그때마다 이신의 전략도 유연하게 변화하며 대응해 나갔다.

이신의 임기응변을 질 드 레가 따라가지 못하는 것이었다.

"이제 이 전장에서는 상대가 계약자님을 이기지 못할 것 같습니다."

"아직 붙어보지 않았으니 모르지."

이신은 결과를 단정 짓지 않았다.

"하지만 우리가 할 수 있는 준비는 다 했군."

"예."

"혹시 모르니 다른 전장에서도 연습을 해보도록 하지."

"알겠습니다."

그렇게 이신은 쉬지 않고 연습에 몰두했다.

*　　　　　*　　　　　*

말을 타고 들판을 질주하는 큰 키에 잘생긴 백인 사내가 있었다.

사내는 멀리서 누군가가 접근해 오자 속도를 서서히 낮췄다.

얼굴을 알아볼 수 있을 정도로 가까워지자 백인 사내의 얼굴에 이채가 띠었다.

"전혀 예상치 못한 손님인데?"

백인 사내는 말을 멈춰 세웠다.

상대 역시 말의 속도를 낮춰 천천히 다가왔다.

백인 사내보다 머리 하나는 더 작은 검은 머리칼의 동양인 사내였다. 점잖게 기른 수염과 그와 대비되는 신경질적인 눈매가 인상적이었다.

"오랜만에 보는군, 조아생 뮈라."

동양인 사내가 말했다.

백인 사내, 조아생 뮈라는 씨익 웃었다.

“여, 사나다 마사유키. 예전에 한 번 붙어본 뒤로는 오랜만인데?”

동양인 사내는 바로 일본 전국 시대에 활약했던 무장 사나다 마사유키였다.

서로 다른 시대, 다른 땅, 다른 언어권의 두 사람이 마주하고 대화를 나눌 수 있는 것은 이곳이 마계였기 때문이었다.

사나다 마사유키의 눈살이 찌푸려졌다.

예전에 치렀던 서열전에서 그는 조아생 뮈라에게 패한 바 있었다.

“그땐 멧돼지처럼 막무가내로 싸우는 놈을 상대할 줄은 꿈에도 몰랐지.”

“하핫, 그렇게 막무가내로 싸워서 왕까지 된 몸이시다.”

“흥, 어쨌든 졌으니 그 힘은 인정할 수밖에.”

“내게 아부 떨러 온 건 아닐 테고.”

“물어볼 게 있어서 왔다.”

“그레모리의 계약자 때문이겠지?”

“아는군.”

“그러고 보니 그레모리가 11만 9천 마력을 가지고 있었지 아마? 너네 악마군주인 플라우로스가 몇이지?”

“12만 1천이다.”

“얼마 차이도 안 나는군. 걱정이 많으시겠어?”

“긴 소리 듣기 싫군. 용건만 말하지. 그레모리의 계약자는 어떤 작자였나?”

"글쎄? 잘 기억이 안 나는데?"

"기억해 낸다면 50마력을 주지."

"오오, 놀랍군! 고작 50마력이라니!"

조아생 뮈라가 호들갑을 떨었다. 사나다 마사유키의 눈살이 찌푸려졌다.

"100마력. 대신 서열전을 있는 그대로 모두 설명해 주어야 한다."

"흐음, 어쩔까나."

"나쁜 얘기가 아닐 텐데?"

"잘 모르겠는데. 난 그레모리의 계약자가 이기기를 원하거든."

"…무슨 뜻이지?"

"난 말이지, 그 녀석이 어서 이기고 후딱 높은 서열로 떠나 버리길 기다리고 있다고."

"……."

"정말 다시 상대하기 꺼림직스럽거든. 보나파르트랑 비슷한 냄새가 난단 말이야."

"자세히 듣고 싶군."

사나다 마사유키의 눈매가 날카롭게 빛났다.

"뭐, 100마력부터 내놓으라고."

사나다 마사유키는 자신이 가지고 있던 마력 일부를 조아생 뮈라에게 건넸다.

조아생 뮈라는 자신이 패배한 이야기였지만 유쾌하게 이야기하기 시작했다.

악마군주 플라우로스의 영토로 돌아가면서, 사나다 마사유키는 곰곰이 생각에 잠겼다.

'조아생 뮈라가 그렇게 말할 정도라 이거지.'

천하 3군략(軍略)의 1인이라 불렸던 무장 사나다 마사유키도 꺼려하는 상대가 바로 조아생 뮈라였다.

사나다 마사유키(眞田昌幸).

풍림화산(風林火山)의 깃발을 걸고 다닌 전국시대 최고의 다이묘 다케다 신겐을 섬기며 그의 전략·전술을 곁에서 보고 익힌 최고의 군략가.

도쿠가와가의 군대를 몇 번이고 격퇴하면서 도쿠가와 이에야스의 두려움을 샀던 그도 조아생 뮈라처럼 상식이 안 통하는 상대는 도리가 없었다.

누가 봐도 불리하다고밖에 생각할 수 없는 상황인데도 귀신같이 승리의 냄새를 맡고 돌격해 오는 조아생 뮈라의 변칙 타이밍은 무서웠다.

하물며 기병대를 지휘하는 그의 실력은 삼국지 시대의 여포를 방불케 하는 명인의 솜씨였다.

'그런 조아생 뮈라를 꼼짝 못하게 만들 정도로 완벽하게 제압하다니. 보통 군략가가 아니구나.'

좋은 소식이 아니었다.

조아생 뮈라의 기병 전술처럼 사나다 마사유키 또한 마물 종족 특유의 빠른 스피드를 이용한 역습을 즐기는 타입이었다.

상대의 기동성을 통제·압살하는 치밀한 전략을 구사하는 상대는 좋지 않았다.

찌를 만한 빈틈이 없으면 그의 역습 전술 또한 먹히기 힘들다는 뜻이었다.

'일전에 겨뤄본 마키아벨리라는 녀석과는 하늘과 땅 차이구나. 악마군주 그레모리가 심상치 않은 계약자를 얻었어.'

100마력을 지불하고 조아생 뮈라에게 이신과 서열전을 치른 이야기를 들으면서, 사나다 마사유키는 그만 감탄해 버렸다. 그야말로 예술이라 칭할 만한 국지전이었다.

일찌감치 진출해 중앙 지역 점거.

양옆 샛길도 건물로 차단.

조아생 뮈라가 샛길을 통해 공격에 나설 때마다, 중앙 지역에 배치된 병력으로 상대 본진을 역습해 되돌아오게 만드는 시간벌기 전략.

그렇게 번 시간으로 풍부한 마력을 얻고 대규모 병력을 마련.

그러고는 서서히 숨통을 조여 가며 안정적인 마무리!

'내가 한 수 배웠을 정도였다.'

100마력이 아깝지 않았다.

역시나 역습 전술을 즐겨 쓰는 입장에서 사나다 마사유키는 이신의 물 흐르는 듯한 전략 흐름에 감명이 깊었다.

조아생 뮈라와 1승 1패를 기록했다고는 하지만, 사실상 이신이란 자의 승리라고 볼 수 있었다.

힘든 싸움이 될 것 같다는 예감이 들었다.

하지만 사나다 마사유키는 도리어 웃었다. 곧 있을 한판 승부에 설렘을 느꼈다.

'실력은 인정한다. 하지만 제5전장 이블 홀에서 과연 휴먼으로 내 마물을 상대로 이길 수 있겠느냐? 기대되는구나.'

*　　　*　　　*

어느 정도 준비가 끝나자 이신은 그레모리의 궁전에서 머물며 휴식을 취했다. 혹독하게 연습을 했기 때문에 심신을 충분히 회복시킨 뒤에 서열전에 나설 참이었다.

그런데 그런 그레모리의 궁전으로 뜻밖의 손님이 방문했다.

"그레모리 님을 뵙습니다!"

조아생 뮈라는 궁전의 주인, 그레모리에게 정중하게 인사했다.

그가 섬기는 악마군주인 벨리알은 보이지 않았다. 혼자 찾아온 모양이었다.

"무슨 일이냐? 아직 벨리알은 내게 도전할 만큼의 마력을 갖추지 못했을 터인데."

"하핫, 그레모리 님의 계약자에게 개인적인 용무가 있어서 말입니다."

"내게?"

이신이 물었다.

"함께 바람이나 쐬어 볼까 해서 말이지. 얼마 안 된 신참이니 아마 아직 궁전이나 전장에만 틀어박혀 있을 것 아냐. 이제 슬슬

밖에도 좀 나다니고 해야지?"

'바깥을?'

이곳은 마계였다.

그레모리가 있는 이 궁전은 안전하지만 바깥은 그렇지 않을 터.

그래서 외출을 할 엄두도 나지 않았고, 굳이 그러고 싶지도 않았었다.

이신은 그레모리를 바라보았다.

그레모리는 고개를 끄덕였다.

"그것도 좋겠네요."

"괜찮겠습니까?"

"제 영토에서 벗어나지만 않으면 큰 위험은 없을 거예요."

"위험이 있긴 있다는 뜻이군요?"

이에 그레모리는 의미심장한 눈웃음을 지었다.

"지금의 카이저라면 문제없어요."

"예? 그게 무슨……."

"아무튼 다녀오세요. 계약자들 간에 관계를 돈독히 하는 것도 좋은 일이에요."

"하핫! 좋아, 가자고! 말은 탈 줄 아나?"

"모른다."

"어허, 남자가 되어서 그것도 모르나? 그럼 내가 가르쳐 줘야지!"

조아생 뮈라는 이신의 뒷덜미를 덥석 붙잡고는 질질 끌고 나갔다.

이신은 당황해서 그레모리를 쳐다봤지만, 그녀는 조아생 뮈라가 그를 해칠 거라고 생각지 않았는지 그저 잘 다녀오라고 손만 흔들고 있었다.

조아생 뮈라는 궁전을 나서면서 시녀 한 명에게 손가락을 딱 튕겨 보이며 말했다.

"어이, 말 한 필 가져와!"

"……."

그레모리 권속의 마족인 시녀는 조아생 뮈라를 그저 뚱하니 쳐다보기만 했다. 네가 뭔데 명령이냐는 표정이었다.

"어이어이, 이 친구가 탈 말이야."

그제야 시녀의 표정이 변했다.

"계약자님, 말을 한 필 가져다 드릴까요?"

이신은 고개를 끄덕였다.

"타기 쉬운 말로."

"잠시만 기다려 주세요."

공손히 인사하고는 쉭 하니 빠르게 움직이는 시녀였다.

조아생 뮈라는 입이 댓 자나 튀어나왔다.

"헹, 그레모리 쪽은 좋겠군. 궁전에서 일하는 권속들이 하나같이 예뻐. 여어, 재미 좀 많이 보겠어?"

팔꿈치로 툭툭 치는 조아생 뮈라의 행동에 이신은 적응이 되지 않았다.

잠시 후, 시녀가 칠흑같이 검은 털로 뒤덮인 흑마 한 필을 가져왔다.

붉게 번들거리는 눈동자와 씩씩 뿜어져 나오는 콧김은 척 봐도 흉포한 말로 보였다.

"…이게 타기 쉬운 말입니까?"

이신의 물음에 시녀는 생긋 웃으며 고개를 끄덕였다.

흑마는 저벅저벅 이신에게 다가와 몸 쪽을 내밀며 고개를 숙여 보였다. 타라는 뜻으로 보였다.

이신은 발걸이를 밟고 올라탔다.

조아생 뮈라 또한 자신이 타고 온 말에 올라타 달리기 시작했다.

흑마는 이신을 배려하여 천천히 달리며 뒤를 좇았다.

'정말 타기 쉽군.'

난생처음 타본 승마는 제법 재미있었다.

조아생 뮈라를 좇아가기 위해 점점 속도를 높여서 열심히 달리니 기분이 상쾌해졌다.

"이제 좀 익숙해졌나?"

"익숙해지나 마나 할 것도 없군."

사실상 흑마가 알아서 달려주었기 때문에 이신은 승마 기술에 대해 배우고 자시고 할 것이 없었다.

그런데 그때,

"으르릉."

"크르릉!"

멀리서부터 서서히 다가오는 큼지막한 덩치의 들개들이 있었다.

마계에 서식하는 들개들이니 보통 개가 아님은 틀림없었는데, 이신이 익히 봤던 것들이었다.

"헬하운드?"

"뭘 그렇게 놀래? 전장에서 소환되는 마물들은 다 마계에 서식하던 놈들인데."

10마리나 되는 헬하운드는 어슬렁거리며 두 사람의 주위를 배회했다.

이신은 바짝 긴장했다.

서열전에서 궁병과 노예를 거침없이 물어뜯는 놈들이었다. 그런 놈들과 직접 마주하니 자신도 그렇게 될지 모른다는 두려움이 일었다.

하지만 두 사람을 힐끔힐끔 보던 헬하운드 무리는 이내 썰물처럼 사라져 버렸다.

"쳇, 간만에 몸 좀 푸나 했는데. 싱거운 놈들이군."

조아생 뮈라가 몹시 아쉬워했다,

"어째서 그냥 가지?"

"우리가 더 강해 보였으니까."

"우리가?"

서열전에서 헬하운드 10마리면 포위만 잘하면 기사도 잡을 수 있을 정도였다.

"마력을 지니고 있지?"

"그런데?"

"마계에서 강함의 척도란 그런 것이지. 재밌는 걸 보여줄까?"

조아생 뭐라는 허리춤에서 검을 뽑았다.

스르릉!

하얀 검신이 빛에 반사되어 광채를 떨쳤다.

조아생 뭐라는 이신을 보고 씨익 웃어 보이더니, 말을 타고 달렸다. 가까이 있는 나무를 향해 있는 힘껏 휘검을 휘둘렀다.

스걱!

일순간 검은 안개 같은 마력이 검신을 물들이더니, 큰 나무가 두부처럼 썰려 버렸다.

"……!"

이신은 깜짝 놀랐다.

조아생 뭐라는 놀란 이신의 얼굴을 보며 크게 웃었다.

"놀라긴. 너도 마력이 있을 것 아냐? 연습만 한다면 할 수 있다고. 물론 무기에 실어 휘두르려면 이 몸처럼 능숙한 검술 솜씨가 있어야 하지만 말이지!"

"마력을 가지면 그런 게 가능하다고?"

"마력을 지닌 존재가 뭘 것 같아?"

"…마족?"

"그래, 마족이다. 너도 나도 마족이라고."

조아생 뭐라는 검을 붕붕 휘둘렀다.

"이 힘에 익숙해지면 헤어날 수가 없지. 그저 평범한 인간이었을 땐 나약해서 어떻게 살았는지 몰라."

이신은 오싹함을 느꼈다.

자신 또한 마력으로 저런 힘을 낼 수 있다고 생각하니 섬뜩했다. 그건 인간이 아니지 않은가.

"자자, 아무튼 슬슬 용건을 말하지. 얼마 전에 나한테 사나다가 찾아왔었어."

"사나다 마사유키가?"

이신이 놀란 얼굴을 했다.

"100마력을 주는 대가로 너와 치른 서열전의 경위를 상세하게 들려주었지."

"그런 것도 가능했군."

"당연하지. 보통 그런 식으로 상대를 사전에 탐색하는 일은 비일비재하다고. 아무것도 모르는 상태에서 중요한 승부를 치르는 건 불안하니까."

그렇다면 사나다 마사유키는 조아생 뮈라에게서 이신이 구사한 전략에 대해 들었다는 뜻이다.

"지난번과 동일한 방식으로 싸웠다가는 낭패를 입을지도 모른다고."

"똑같은 방식을 쓰지 않는다."

이신은 별달리 심각한 기색이 없었다.

머릿속에 수많은 전략·전술·빌드가 있고 그중 하나를 상대가 들었다고 해서 그다지 큰 타격은 아니었다.

"그럼 다행이군. 승부는 공평해야 하니 너에게도 내가 아는 사나다에 대해 알려주지."

"어째서 내게 도움을 주려는 거지?"

"그야 간단하지. 난 너보다 그놈이 더 상대하기 편하거든. 네가 어서 높은 서열로 사라져 버려야 나도 편하단 말씀이야."
그러면서 조아생 뭐라는 설명을 시작했다.
"사나다 마사유키는 내가 이긴 상대 중에서 가장 힘든 상대였지."
"이기긴 이겼다는 뜻이군."
"이긴 것 같다 싶었는데 끝이 없었거든."
"끝이 없었다?"
"마치 도망치는 상대와 전쟁을 벌인 것 같은 기분이었는데, 이해하는지 모르겠군."
"이해했다."
"응?"
"이해했다고 했다."
이신은 풍부한 프로게이머 경력을 통해 그 말뜻을 곧장 알아들었다.
"어, 이해했다면 됐고… 근데 정말 이해했다고?"
"이해했다. 정면으로 싸우지 않고 서로 바꿔가는 식으로 계속 물고 늘어졌겠지. 그런 상대와 싸워봤다. 어떻게 이겨야 하는지도 알지."
"그, 그럼 다행이군."
조아생 뭐라는 괴물 보듯이 이신을 쳐다보았다.
"아무튼 이렇게 알려줬으니 너도 때때로 도와달라고."
"정보 교환을 하자는 뜻이군."
"바로 그거지."

비로소 조아생 뮈라의 진짜 목적이 무엇인지 깨달은 이신이었다.

그는 이신이 높은 서열로 올라갈 것이라 확신하고 협력 관계를 제안한 것이었다. 정보 교환을 하면서 자신에게 부족한 전략적인 부분까지 조언을 받을 수 있으리라는 계산이리라.

이신으로서도 나쁠 것 없는 제안이었다. 조아생 뮈라도 한땐 높은 서열까지 상승했던 인물이니 아는 게 많은 터였다.

"좋다. 서로 도움이 될 수 있는 부분이 있겠군."

"잘 생각했다."

함께 말을 타며 산책을 더 하다가 이신은 조아생 뮈라와 헤어져 궁전으로 돌아왔다.

서열전 준비는 완벽했다.

하지만 마음에 걸리는 일은 따로 있었다.

"마력을 지닌 존재가 뭘 것 같아?"

"…마족?"

"그래, 마족이다. 너도 나도 마족이라고."

"이 힘에 익숙해지면 헤어날 수가 없지. 그저 평범한 인간이었을 땐 나약해서 어떻게 살았는지 몰라."

정말로 마족이 된 것처럼 나무를 단칼에 자르는 괴력을 발휘한 조아생 뮈라. 그는 그것을 매우 당연시 여겼다.

서열전은 마계의 힘을 키우기 위한 목적으로 시작되었다고 했다.

하지만 서열전을 치르는 것은 악마군주들이 아닌 계약자들이었다.

그렇다면 이게 뜻하는 바는 무엇이란 말인가?

'방심하지 말아야겠군.'

마계에 있는 동안 정신을 바짝 차리기로 다시금 결심한 이신이었다.

*　　　*　　　*

마침내 도전의 때가 왔다.

"제 손을 잡으세요. 아시겠지만 절대 제 손을 놓으시면 안 돼요. 이번 상대는 특히나 더더욱 위험한 악마군주입니다."

"예."

이신도 긴장했다.

새로운 악마군주를 만난다는 건 대단히 두려운 일이었다.

그들은 하나같이 본연의 공포를 자극하는 존재감이 풍기는 자들이기 때문이었다.

파앗!

몸이 붕 뜨는가 싶더니, 주변의 풍경이 일순간 사라졌다가 다시 새로운 낯선 풍경이 나타났다.

그곳은 악마군주 플라우로스의 궁전이었다.

사방에 사나운 표범의 형상을 돌로 조각해 놓은 화로들이 활활 타오르고 있었다.

그리고……

—왔나.

으르렁거리는 맹수의 울음소리와도 같은 목소리가 울려 퍼졌다.

정말로 맹수였다.

거대한 표범이 다가왔다.

활활 타는 뜨거운 불길로 이루어진 괴이한 눈동자를 지니고 있었는데, 그 불꽃의 눈동자와 마주한 순간 이신은 마치 정신이 빨려 들어갈 것 같은 느낌을 받았다.

"눈 보지 마세요."

그레모리가 잡은 손에 꼬옥 힘을 주며 말했다.

그제야 이신은 표범, 악마군주 플라우로스에게서 눈을 떼는데 성공했다.

이신의 온몸이 식은땀으로 흠뻑 젖었다.

잠깐 눈이 마주쳤던 그 찰나의 순간에 이신은 100시간은 쉬지 않고 연습한 듯한 피로감을 느꼈다.

그때, 잡고 있던 그레모리의 손을 통해서 따스한 기운이 전해졌다.

온기가 손과 팔을 통해 온몸에 퍼져 나갔고, 피로는 깨끗이 사라졌다.

그레모리의 치유의 힘이 발동된 것이었다.

"매너 없는 짓하지 마라, 플라우로스."

그레모리가 뾰족한 음성으로 경고했다.

플라우로스는 장난스럽게 꼬리를 슬렁슬렁 흔들었다.

—미안하군. 그냥 심술 한번 부려봤어.

비로소 여유를 찾은 이신은 표범의 옆에 있는 동양인 사내를 바라보았다.

점잖은 수염을 기른 중년의 사내. 그러나 약간은 신경질과 도발이 반씩 섞인 그런 인상의 인물.

이신이 본 사나다 마사유키는 그런 인물이었다.

사나다 마사유키는 저벅저벅 이신에게 다가와 손을 내밀었다.

"반갑네."

"반갑습니다."

이신은 순순히 악수를 했다.

"좋은 대결이 되도록 하자."

"이기는 것 외에 좋은 대결이 있는지 모르겠습니다."

"흐, 그건 그렇지."

사나다 마사유키는 사납게 웃었다.

그렇게 두 계약자가 인사를 나누었고, 그레모리가 도전 의사를 밝혔다.

플라우로스는 고개를 끄덕였다.

—도전을 받아야지. 전장은 제5전장 이블 홀, 마력은 1만을 배팅하겠다.

"겁먹었군."

그레모리가 냉소했다.

플라우로스는 코웃음을 쳤다.

—요즘 기세가 심상치 않던데, 거품이 빠질 때까지는 나도 몸 좀 사리자고.

"아무튼 좋다. 전장에서 보자."

그레모리는 이신과 함께 먼저 전장으로 이동했다.

[악마군주 그레모리 님과 계약자 이신 님께서 제5전장 이블 홀에 도착하셨습니다.]

플라우로스와 사나다 마사유키도 곧 뒤따라 나타났다.

[악마군주 그레모리 님과 악마군주 플라우로스 님의 서열전입니다. 전쟁의 승패가 서열과 마력에 영향을 줍니다. 마력은 2만이 배팅됩니다.]

[마력 2만이 마력석이 되어 전장에 유포됩니다.]

[종족을 선택해 주십시오.]

"휴먼."

"마물."

이신과 사나다 마사유키가 종족을 골랐다. 역시나 이변은 없었다.

[서열전이 시작됩니다.]

[악마군주 그레모리 님의 계약자 이신 님과 악마군주 플라우로스 님의 계약자 사나다 마사유키 님께서 참전합니다.]

서열전이 시작되었다.

처음 주어진 노예 4인에게 마력석 채집을 시키면서 이신은 플레이를 개시했다.

7번째 노예로 하여금 앞마당으로 이어지는 출입구를 병영으로 막게 했다.

병영으로 출입구의 90%가 막히면서 간신히 사람 하나 통과할 만한 공간만 남겨졌다.

8번째 노예로 식량창고를 지어 뒷마당으로 이어지는 작은 출입구를 봉쇄시켰다. 뒷마당 쪽 작은 출입구는 식량창고에 의해 완전히 밀폐되었다.

병영이 완성될 즈음, 9번째 노예가 소환되었다.

바로 사도인 콜럼버스였다.

"지시만 내려주십시오!"

기세 좋게 소리치는 콜럼버스. 이번에도 반드시 공적을 세우겠다는 의욕으로 가득했다.

"정찰, 1시부터."

이신의 현재 위치는 7시 지역. 제5전장 이블 홀은 시작 지점이 총 4군데였다.

"옛!"

"절대로 죽어서는 안 된다. 위험을 최대한 피하며 오래 정찰

해라."

"예!"

콜럼버스는 씩씩하게 달려 나갔다.

그때쯤 병영이 완성되었고, 이신은 궁병을 소환했다.

바로 그때였다.

[적이 나타났습니다!]

사나다 마사유키의 헬하운드가 앞마당 쪽에 나타났다.

고작 1마리.

공격이 아닌 정찰이었다.

'11시로 정찰을 가라.'

이신은 즉각 1시로 향하던 콜럼버스에게 지시했다.

이 시간에 정찰용 헬하운드가 도착했다면, 상대의 위치는 아마 대각선 방향에 있을 거라고 이신은 계산해 낸 것이다.

사나다 마사유키가 초반부터 헬하운드를 많이 소환해 승부에 나설 가능성은 없었다.

이 유리한 전장에서 그가 굳이 그런 도박을 감행할 이유가 없다.

그렇다면 헬하운드 2마리만 정찰용으로 뽑았다고 가정했을 때, 그 헬하운드의 정찰이 도착한 시간을 토대로 상대의 위치를 역추적할 수 있었다.

프로게이머에게는 그다지 어려운 일이 아니었다.

아니나 다를까.

11시 지역에서 콜럼버스는 사나다 마사유키의 마물 진영을 발견했다.

앞마당에서 마법진이 건설되는 중이었다.

'예상대로다.'

앞마당과 뒷마당에 마력석 채집장을 건설해 마력량에서 우위를 갖고 시작하려는 사나다 마사유키의 의도였다.

이신도 예정대로 진행했다.

병영 1개 완성 후, 대장간 1개를 짓고, 곧바로 특수병영 건설을 시작했다.

[특수병영 : 일반 보병과 달리 특수한 병과를 훈련시키는 건물입니다. '기사'와 '공병'을 소환할 수 있습니다. '투석기술' 개발 시 공병이 투석기를 제작할 수 있게 됩니다.]

"기사 소환, 질 드 레."

[특수병영에서 기사를 소환합니다. 소환되는 기사는 계약자 이신 님의 사도 질 드 레입니다.]

이신은 과감하게도 병영을 1개만 지어놓고는 빠르게 테크 트리를 올렸다.

어차피 상대도 초반에는 마력 채집에 치중할 뿐 공격해 오지 않을 터였다. 방어는 건물 배치로 출입구를 봉쇄한 걸로 충분했다.

이신은 초반에 취약한 휴먼의 특성상 마물처럼 빨리 본진 밖으로 나와 마력석 채집장을 늘리기 힘들었다.

그렇다면 차라리 테크 트리라도 빨리 올려서 우위를 하나라도 가져갈 생각이었다.

그래서 정한 것이 기사를 최대한 일찍 뽑는 빌드 오더.

조아생 뮈라를 보고 떠올린 빌드 오더였다.

"계약자님."

마침내 기사 소환이 완료되었다.

소환된 기사, 질 드 레는 이신 앞에 고개를 숙여 보였다.

"뭘 해야 하는지 알겠지?"

"예."

"가라."

질 드 레가 말을 타고 달려 나갔다.

*　　　*　　　*

앞마당에 우선적으로 마력석 채집장을 가져간 사나다 마사유키는 마룡 소환을 시작했다.

사나다 마사유키가 구상한 전략은 마룡과 헬하운드를 곁들인 기동전.

날아다니는 마룡들로 상대 병력을 야금야금 갉아먹은 뒤에, 헬하운드와 함께 덮쳐서 몰살시키는 전술을 그는 즐겨 사용했다.

그러기 위해 일단은 뒷마당에도 마력석 채집장을 확보해 마력량을 늘려야 했다. 그래야 마룡을 잔뜩 소환할 수 있기 때문이었다.

휴먼은 초반에 취약한 특성상 위축될 수밖에 없으므로, 이렇게 마음 놓고 마력 채집에만 열을 올려도 견제할 방도가 없었다.

…라고 생각했다.

[적이 나타났습니다!]

사나다 마사유키는 순간 자신의 눈을 의심했다.

기껏해야 궁병 몇이 와서 기습한 건가 싶었다. 그렇다면 헬하운드도 필요 없이 클로들만 동원해도 충분히 막을 수 있다.

그런데 침입한 것은 바로 기사였다.

중무장을 한 채 말을 타고 랜스를 휘두르는 기사.

'기사가 이렇게 빨리 나타나?'

기사는 빠르게 말을 몰고 본진 안에 침입했다.

무방비 상태의 본진을 휘저으며, 마력석을 채집하고 있는 클로들부터 사냥하기 시작했다.

"이런! 대피해라!"

사나다 마사유키는 본진 안에서 일하던 클로들을 앞마당의 마력석 채집장으로 대피시켰다.

기사는 질기게 쫓아가며 클로를 하나둘 사살했다.

사나다 마사유키는 침착하게 대응했다.

상대가 기사를 최대한 일찍 소환해 기습적으로 찔러 넣었다.

방비를 해놓지 않았기 때문에 얼마간의 피해는 불가피했다.

'하지만 그 정도 피해가 생긴다 해도 내 쪽이 불리해지는 건 아니다.'

사나다 마사유키는 본진의 마법진에서 헬하운드 6마리를, 앞마당 쪽 마법진에서 마룡 3마리를 소환하기 시작했다.

그러는 동안 기사는 계속 질주하며 클로들을 사냥했다.

클로들이 기사를 피해 도망쳐 댔지만, 기사는 끈질기게 쫓아오며 클로를 6마리까지 사살했다.

클로 6마리도 피해였지만, 클로들이 도망 다니느라 마력석 채집을 하지 못한 피해도 막대했다.

결국 헬하운드 6마리가 소환된 뒤에야 기사는 사라져 버렸다.

'생각보다 큰 피해를 봤군.'

물론 아직은 유리했다.

상대는 아직 본진에 틀어 막혀 있었다.

이쪽은 피해가 좀 있었으나 아직도 클로가 많이 살아 있었고, 앞마당에 마력석 채집장이 더 있어서 마력량에서 우세했다.

물론 그 격차는 방금 입은 피해로 크게 줄었지만 말이다.

본래는 뒷마당에도 마력석 채집장을 확보할 참이었다.

본진, 앞마당, 뒷마당.

총 3군데에서 채집되는 막대한 마력량으로 대규모 병력을 마련할 생각이었다.

하지만 생각보다 큰 피해를 입어서 격차가 줄어들었다.

'벌써 기사를 소환할 수 있게 되었으니 놈은 계속 기사나 투석기를 확보하겠지.'

그렇다면 이쪽도 뒷마당에 마력석 채집장을 가져갈 여유가 없었다.

잃은 클로 숫자를 보충하고, 공격에 대비하여 병력을 더 소환해야 했다.

'놈의 목적은 3번째 마력석 채집장을 확보하지 못하게 훼방 놓는 것이겠지.'

사나다 마사유키는 상대의 의도를 꿰뚫어 보았다.

'혼자 가난하긴 억울하니 같이 가난하게 싸우자는 것인데, 뭐 좋다.'

사나다 마사유키는 사납게 웃었다.

'모르나 본데, 난 그런 피 말리는 싸움도 아주 잘한다.'

그는 빠르게 판단했다.

상대는 '특수병영'을 건설했다. 특수병영에서 소환할 수 있는 건 공병과 기사. 공병은 투석기를 제작할 수 있는데, 투석기든 기사든 공중 공격은 못 한다.

사나다 마사유키는 마룡 소환에 집중하기 시작했다.

'놈은 마룡에 대항하기 위해 궁병을 더 소환하겠지.'

그러면 마룡 대 궁병이라는 구도가 그려진다.

걸어 다녀야 하는 궁병.

자유자재로 날아다니는 마룡.

당연히 마룡을 지휘하는 사다나 마사유키 측이 싸움의 주도권을 장악하게 된다.

그렇게 사나다 마사유키는 수정된 새로운 그림을 그렸다.

일단 기동력에서 우위를 쥐고 나서야 비로소 그의 전략은 시작된다.

마룡 9마리가 모이자 사나다 마사유키는 5시에 있는 이신의 본진을 가볍게 건드려 보기로 했다.

마룡 9마리가 5시 방향을 향해 빠르게 날았다.

그리고…….

[적이 나타났습니다!]

"삐이익—!"

"삐이이익—!!"

요란한 소리와 함께 5시 방향에서도 무언가가 날아왔다.

[그리핀 : '그리핀 목장'에서 소환되는, 인간에게 길들여진 그리핀들입니다. '조종' 기술 개발 시 등에 병사를 최대 2명까지 태울 수 있습니다.]

그리핀 4마리의 몸 위엔 무기 업그레이드가 이루어진 석궁병 8명이 타고 있었다.

그리핀을 타고 날며 볼트를 쏠 태세였다.

'뭐?!'

예상치 못한 상대의 병력 구성에 사나다 마사유키는 상당히 놀랐다.

놀랍게도 이신은 공중전을 준비한 것이었다!

제9장

과거 현재 미래

악마군주들이 다 그러했듯, 플라우로스도 유능한 계약자를 찾기 위해 동분서주하였다.

그래서 주목한 것은 수많은 무장이 명멸한 전국시대의 일본.

가장 먼저 플라우로스의 관심을 사로잡은 이는 천하무적의 기마군단을 이끌던 당대 최고의 다이묘 다케다 신겐.

—나는 표공(豹公) 플라우로스. 과거 현재 미래의 비밀을 알려줄 수도, 적을 불태울 수도 있다. 나와 계약한다면 소원을 들어주마.

당시 다케다 신겐은 전국 다이묘들의 최종 목표인 상경에 도전했는데, 오다 노부나가와 도쿠가와 이에야스의 연합이 교토로 가는 진로를 가로막고 있는 상황이었다.

악마군주 플라우로스는 그에게 적을 불태워주거나 미래를 살펴 전쟁의 경과가 어떻게 되는지를 알려주겠다고 꼬드겼다.

그러나 다케다 신겐은 웃으며 거절했다. 그는 자신의 힘으로 충분하다고 했다.

—과연 네 힘으로 될까?

“그건 지켜보면 아시오.”

다케다 신겐은 연합을 상대로 대결을 벌였다. 그리고 미카타가하라 전투에서 대승을 거두었다.

훗날 전국 3영걸이라 불린 셋 중 2인인 오다 노부나가와 도쿠가와 이에야스를 패망 직전까지 몰아넣은 셈이었다.

그러나 전쟁에 전심전력을 쏟은 다케다 신겐은 그만 병을 얻어 몸져눕고 말았다.

목표였던 상경을 거의 목전에 둔 상황이었다.

플라우로스는 이때다 싶어 다시금 열심히 꼬드겼지만,

“대부분 땅에 맡겼으니 이제 몸을 쉬고 싶소. 더 꾸밀 필요도 없이 이만하면 내 인생은 풍류였소.”

그리 말하며 다케다 신겐은 끝내 제안을 거절하고 죽음을 맞이했다.

큰 아쉬움을 느낀 플라우로스는 그 밖에도 명성을 떨치거나 큰 가능성을 가진 인재를 찾았지만 거절을 당하거나 보다 높은 서열의 악마군주에게 빼앗겼다.

그렇게 한참을 찾다가 플라우로스의 눈에 든 인물이 바로 사나다 마사유키였다.

사나다 마사유키는 제안을 받아들였다.

"그렇다면 내게 미래를 보여주십시오."

—너무 많은 미래를 보면 네 목숨이 위태로워질 것이다. 이를 명심해라.

"결정적인 순간에 조금만 볼 것입니다."

그리고 사나다 마사유키는 섬기던 다케다 가의 몰락 후에 호죠, 도쿠가와, 우에스기, 도요토미 순으로 주군을 갈아치우며 폭풍처럼 변하는 정세 속에서 자신의 가문을 지켜냈다.

겉과 속이 다른 남자라는 평을 들었으나, 이는 그의 뛰어난 판단과 처세를 나타내는 표현이었다.

하지만 도요토미 히데요시의 사후 도쿠가와 이에야스가 야심을 드러냈을 때, 그 유명한 세키가하라 전투를 앞두고 사나다 마사유키는 미래를 잘못 보고 말았다.

본인은 조금의 병력으로 3만에 달하는 도쿠가와의 증원군을 막아내는 전과를 거뒀지만, 정작 세키가하라에서는 도쿠가와 이에야스가 승자가 된 것이다.

전국 시대의 최종 승자가 된 도쿠가와 이에야스는 자신을 여러 번 패퇴시켰던 두려움의 대상인 그를 구도산에 유폐시켜 버렸다.

절망한 사나다 마사유키는 자신에게 또 언제 재기의 기회가 주어질지 알고 싶어서 미래를 내다보았다.

그리고 그것은 너무나 긴 미래를 내다본 것이었다.

반작용으로 몸져눕게 된 그는 자신이 내다 본 미래까지 살 수 없었다.

대신 차남 유키무라가 그가 남긴 군략을 물려받아 오사카 성 전투에서 도쿠가와 이에야스를 죽기 직전까지 몰아붙이는 맹활약을 떨쳤다.

어쨌거나 그렇게 계약자가 된 경위를 갖고 있는 사나다 마사유키는 결코 범상한 인물이 아니었다.

이신이 서열전으로 겨뤄본 이들 중 가장 비범한 전략가적 기질을 가진 상대였다.

'석궁병을 태운 그리핀… 하늘에서 싸워보자는 게로구나.'

사나다 마사유키는 대번에 이신이 들고 나온 전략의 요지를 꿰뚫어 보았다.

초반에 기사를 찔러 견제함으로써 마력 채집량에서 어느 정도 균형을 맞춘다.

그리고 서로 마력석 채집장을 많이 보유하지 못한 상태에서의 가난한 싸움!

기동력에서 사나다 마사유키의 마물에 밀리지 않기 위하여 그리핀을 소환하는 강수까지 두었다.

그러한 흐름은 피 말리는 공중전으로 이어졌다.

서로 가난한 상태.

누군가가 먼저 마력석 채집장을 가져가려 한다면, 상대는 그 틈에 더 많은 병력을 소환해 공격할 것이다.

마력석 채집장을 지으려면 건물값과 일꾼값이 소모되기 때문에, 그 값으로 병력을 소환한 상대를 이기지 못하게 된다.

치열한 눈치 싸움!

그리고 무엇보다도 중요한 건 바로 공중전이었다.

"크아아앙!"

"죽여—!"

양측이 한차례 공방을 주고받았다.

마룡들이 독액을 뿜었다.

그리핀에 탄 석궁병 2명은 볼트를 쏴 갈겼다.

이신의 그리핀 부대가 밀리는 듯 뒤로 후퇴했지만, 사나다 마사유키는 쫓아가지 않았다.

쫓아가 봐야 포진된 채 집중 사격할 준비를 하고 있는 석궁병들을 만나게 될 뿐이었다.

유인에 속아 넘어갈 만큼 녹록한 사나다 마사유키가 아니었다.

서로 가난한 탓에 병력 하나하나가 매우 귀중했다. 한 번 잘못 싸워서 병력을 잃었다가는 순식간에 패배하고 만다.

'투석기가 승부처다.'

사나다 마사유키는 승부처를 잘 알고 있었다.

기사가 나왔으니 특수병영을 건설했다는 뜻이었다.

특수병영은 공병을 소환할 수 있고, 공병은 투석기를 제작한다.

사거리가 긴 투석기는 마물에게 위협적이었다.

석궁병 등의 지상군과 그리핀 부대가 투석기까지 대동하고 나타나 공격한다면…….

그때는 그 투석기를 제거할 수 있느냐가 승부처가 될 터였다.

사나다 마사유키는 헬하운드와 마룡을 꾸준히 소환하며 병력을 모았다.

그리고 싸움은 예측대로 전개되었다.

상대가 투석기 2기를 대동한 채 공격에 나선 것이었다.

*　　　　*　　　　*

공격에 나서면서 동시에 이신은 앞마당의 마력석 무더기 인근에 사령부 건설을 시작했다.

공격과 동시에 확장.

상대가 공격을 막는 데 주력하는 동안 확장 기지를 안정적으로 가져가는 기본 전략이었다.

한편, 콜럼버스는 적진 인근을 서성거리며 정찰을 했는데, 동향으로 보아 사나다 마사유키는 계속 마룡과 헬하운드 두 가지에 주력하는 듯했다.

'전장을 돌아다니는 헬하운드의 숫자가 늘어난 것 같습니다.'

질 드 레가 말했다.

그는 전장 곳곳을 정찰 다니며 보이는 헬하운드를 족족 사냥하고 있었다.

사나다는 확실히 전략가였다.

전장 곳곳에 헬하운드들을 뿌려두어서 시야를 장악했다.

그래서 이신은 질 드 레로 하여금 뿌려진 헬하운드를 사냥해

적 시야를 방해하는 것이었다.

그리고 질 드 레가 헬하운드를 처리해 적 시야가 차단된 루트로, 이신의 군세가 이동을 개시했다.

석궁병 12명, 창병 4명, 방패병 3명, 그리고 분해된 투석기를 실어 나르는 공병 2명.

공중으로는 석궁병을 2명씩 태운 그리핀 7기가 하늘을 날며 지상 병력을 호위하고 있었다.

그야말로 본진의 마력석을 전부 뽕 뽑다시피 해서 쥐어짠 병력이었다.

만약 이 공격에 실패하면 이제 막 구축하기 시작한 앞마당의 마력석 채집장도 위험해진다.

그러면 이신은 마력을 얻을 수 없어 고사하게 되는 것이었다.

하지만 이신의 표정에는 여유가 있었다.

'내가 이길 수밖에 없다.'

이신은 확신에 차 있었다.

사나다 마사유키는 이쪽의 전략을 알아차리고 대응하고 있었다.

마력석 채집장을 더 가져가지 않고 병력을 모으는 것만 봐도 알 수 있었다.

하지만 빠른 기동성을 위해 발 빠른 마룡과 헬하운드에 올인한 대응은 아직 서열전에 미숙하다는 것을 드러낸 셈이었다.

사나다 마사유키가 이신 병력의 진군을 포착한 모양이었다.

전장 곳곳에 퍼져 있던 헬하운드들이 본진으로 속속히 돌아가기 시작했다.

사나다 마사유키의 마물 진영에 이르자 세 갈래의 길목에 들어섰다.

왼쪽은 상대의 앞마당으로, 오른쪽은 뒷마당으로 우회하는 길이었다.

마치 어서 오라는 듯 막아서는 병력이 하나도 없었다.

'들어가 주지.'

이신은 피식 웃고는 진군을 명령했다.

그의 병력이 진격하고 그리핀 부대가 주위를 맴돌며 사방을 경계했다. 그리고 마침내,

[적을 발견했습니다!]

상대의 앞마당 마력석 채집장이 보였다.

헬하운드와 마룡이 앞마당에 집결되어 있었다.

득시글거리는 마물들을 보며 이신의 병사들은 잔뜩 긴장했다.

폭풍전야.

이제 곧 유혈이 강물처럼 흐를 터였다.

*　　　　*　　　　*

사나다 마사유키는 긴장된 얼굴로 이신의 병력을 지켜보았다.

'뭘 망설이나? 어서 덤벼라.'

그는 조용히 상대의 공격을 기다리고 있었다.

그냥 기다리는 것이 아니었다.

뒷마당 쪽에 헬하운드 12마리, 바깥쪽에도 헬하운드 12마리를 대기시켜 두었다.

세 갈래의 길.

이처럼 적을 섬멸시키기 좋은 지형이 어디 있단 말인가?

이신의 공병 2명이 투석기를 조립하고 자리 잡아 공격하는 순간, 그 세 갈래의 길에서 헬하운드들이 일시에 덮칠 것이다. 하늘에서도 마룡들이 독액을 뿌릴 것이다.

'조아생 뮈라에게는 제법이라고 칭찬을 들었건만, 이제 보니 군략을 모르는 놈이로구나. 이런 위험한 지형에 정찰도 없이 순순히 들어오는 놈이 어디 있나?'

물론 상대의 정찰은 있었다.

묘하게 달리는 속도가 빠른 노예 놈이 계속 기웃거리고는 했다.

그놈 탓에 헬하운드들을 안 보이게 숨기느라 진땀을 뺐다.

하지만 적이 저렇게 온 것은 용의주도한 사나다 마사유키의 매복 작전이 성공했다는 뜻이었다.

이제 승리만 가져가면 된다.

'자, 어서……'

드디어 공병 2명이 뚝딱거리며 투석기를 만들기 시작했다.

사나다는 잠자코 기다렸다.

투석기가 완성되는 그때가 절호의 기회였다.

이미 완성된 투석기는 마력이 투자되었기 때문에 취소할 수도 없다. 때문에 후퇴하지 않고 계속 지키려고 싸우게 된다.

그 심리를 이용하여 한 명도 남김없이 학살할 생각이었다.

투석기가 완성되었다!

완성된 투석기 2기는 앞마당에 모인 헬하운드들을 향해 바위를 날렸다.

쿠우웅!

"끼애액!"

"깨애앵!"

헬하운드 2마리가 즉사했다. 그것이 신호였다.

'공격!'

사나다 마사유키가 공격 명령을 내렸다.

앞마당, 뒷마당, 바깥쪽에서 헬하운드들이 일제히 덮쳤다.

하늘에서도 마룡들이 날아들었다.

완벽한 삼면 포위 공격!

너무나 완벽해서 사나다 마사유키는 벌써부터 승리의 희열을 느꼈다.

"죽여라!"

"크아악!"

"깨앵—!"

"계속 쏴!"

"깨애애앵!"

아수라장.

마물과 인간이 한데 뒤엉켜 미친 듯이 싸웠다.

휴먼의 병력은 삼면에서 들이치는 마물들의 공세에 정신을 차리지 못했다.

사나다 마사유키의 얼굴에 득의양양한 미소가 번졌다.

완벽한 승리라고 생각했다.

…라고 생각했다.

시간이 지날수록 미소 어린 표정이 딱딱하게 굳어갔다.

“뭐, 뭐냐?”

이럴 리가 없었다.

헬하운드들이 죽는 속도가 인간이 죽는 속도보다 더 빨랐다.

‘어째서지?!’

잠시 혼란에 휩싸였던 사나다 마사유키는 뒤늦게야 깨달았다.

헬하운드들이 투석기를 때리고 있었다.

하지만 상대는 투석기를 지킬 생각이 전혀 없었다.

투석기 2기는 그저 헬하운드들의 공격을 분산시키는 미끼였던 것이다!

그뿐만이 아니었다.

방패병과 장창병, 석궁병의 지상군 조합! 게다가 가까이서 발톱으로 할퀴고 물어뜯을 수 있는 그리핀과 그 위에 탄 석궁병들의 원거리 공격의 조합!

문제는 조합이었다.

다양한 병과의 조합이 시너지를 일으켜 보다 다수인 마물들에게 포위당했음에도 우위를 차지한 것이었다.

밑 빠진 독에 물을 들이붓듯 헬하운드들이 몰살당했다.

물론 휴먼 측 병사들도 피해를 입었으나 교환비가 매우 안 좋았다.

그것은 귀신같은 이신의 지휘 덕분이었다.

'그리핀 부대는 헬하운드, 석궁병은 마룡!'

절묘한 역할 분담.

그리핀의 발톱 및 부리를 이용한 근접 공격을 활용하기 위한 지휘였다.

그리핀의 자체 공격력은 기사와 비슷한 수준이었지만, 헬하운드에게는 곧잘 통했다.

지상의 궁병들은 마룡이 접근할 때마다 볼트를 쏴 격추시켰다.

방패병과 창병은 밀려드는 헬하운드들을 막아냈다.

그 와중에 사나다 마사유키의 순간 판단도 제법이라 할 만했다.

싸움이 불리하자 과감하게 앞마당 마력석 채집장을 포기하고 물러섰다.

그러고는 본진으로 진입하는 출입구에 헬하운드들을 집중시켜 방어를 했다.

투석기가 다 박살 났으니, 입구에 뭉쳐 있는 마물 병력을 쉽게 물리칠 수 없었다. 그렇게 시간을 벌면서 병력을 더 모아 보려는 생각 같았다.

'앞마당부터 파괴하고 지상 병력은 대기.'

'공병은 투석기를 다시 제작.'

'그리핀 부대는 그대로 본진 돌입. 남은 마룡을 모두 제거하고

클로를 사살.'

이신의 머릿속에서 속사포처럼 명령이 연이어졌다.

그의 병력이 앞마당에 구축되어 있던 사나다 마사유키의 건물들을 처부쉈다.

그리핀 부대는 출입구를 막고 있는 헬하운드들을 무시하고 본진 안으로 난입, 마력석을 채집하던 클로들을 사살하기 시작했다.

마룡들이 이를 저지하기 위해 날아왔지만 숫자는 고작 4마리에 불과했다.

마룡은 치고 빠지기를 반복하며 귀찮게만 할 뿐, 클로들을 사살하는 그리핀 부대를 어찌하지는 못 했다.

'마룡의 숫자가 적은데?'

이신은 단번에 이상한 점을 알아차렸다.

전투를 치르는 동안에도 병력은 계속 소환했을 터.

그런데 그런 것치고는 마룡과 헬하운드의 숫자가 적었다.

'빼돌렸구나.'

그리고 그 빼돌려진 병력이 향하는 곳은 바로…….

[적의 공격을 받았습니다!]

얼마 안 되는 헬하운드와 마룡 무리가 이신의 앞마당을 덮쳤다.

불리하다는 걸 깨닫자마자 사나다 마사유키는 병력 일부를 빼돌려 이신의 진영을 급습한 것이다.

'그리핀 부대 회군!'

'투석기 완성됐으면 공격 개시.'

'앞마당에서 일하던 노예들은 모두 본진으로 후퇴.'

이신은 앞마당을 지키기 위해 그리핀 부대를 돌아오게 했다.

또한 사나다 마사유키의 진영에서 완성된 투석기가 바위를 쏘아 날리기 시작했다.

출입구에 모여 있던 헬하운드들은 바위를 피해 물러날 수밖에 없었다.

그렇게 출입구가 열리자 방패병과 장창병이 앞장서서 밀고 들어가기 시작했다.

한편 급습해 온 마룡과 헬하운드 무리는 이신의 앞마당의 사령부를 집중 공격했다.

새롭게 소환된 석궁병들이 반격에 나섰지만, 아랑곳하지 않고 오직 사령부만 집중 공격했다.

퍼어엉!

사령부가 견디지 못하고 폭삭 주저앉았다.

앞마당 마력석 채집장이 그렇게 날아가 버리자, 이신은 마력 채집에 심각한 차질이 생길 수밖에 없었다.

사나다 마사유키 또한 밀고 들어온 이신의 병사들에 의해 본진이 유린당하고 있어서 심각한 타격을 입은 상태.

이제 곧 본진까지 완전히 초토화당하면 이신의 승리였다.

돌아온 그리핀 부대가 앞마당에서 날뛰는 마물들을 공격했다.

사나다 마사유키는 헬하운드들을 내버려 두고 마룡들만 후퇴시켰다.

'아직 포기한 모습이 아니군.'

이신은 짐작 가는 부분이 있었다.

"이긴 것 같다 싶었는데 끝이 없었거든."

"마치 도망치는 상대와 전쟁을 벌인 것 같은 기분이었는데."

'콜럼버스, 3시 정찰. 질 드 레는 7시로. 그리핀 부대는 전장 외곽을 시계 방향으로 돌며 정찰.'

이신은 순식간에 전장 사방으로 정찰을 보냈다.

아니나 다를까.

3시 지역으로 정찰 간 콜럼버스가 사나다 마사유키의 마물 건물을 발견했다.

마법진이 막 완성되어 클로들이 냉큼 마력석 채집을 개시하는 모습.

또한 마법진 바로 앞에는 헬하운드의 재단과 마계의 정원 두 개의 건물을 짓고 있었는데, 얼마 안 되는 헬하운드와 마룡이 그곳을 지키고 있었다.

'끈질긴 근성이군.'

그즈음 석궁병들과 장창병·방패병 등 지상 병력은 사나다 마사유키의 본진을 완전히 전멸시켰다.

촤악!

"으악!"

마룡들이 독액을 뿌려 콜럼버스를 사살했다.

하지만 콜럼버스는 이미 제 역할을 다했기에 이신은 눈 하나 깜짝하지 않았다.

'전 병력은 3시로. 그리핀 하나는 전장을 계속 돌면서 또 건물을 몰래 짓지 않게 감시해라.'

그렇게 승부를 마무리 짓도록 함은 물론, 파괴되었던 앞마당의 마력석 채집장도 다시 재건했다.

그리핀 부대가 3시 지역에 도착하니, 독포자꽃 3마리가 엔트로 진화 중인 모습이 포착되었다.

또한 화염진 2개를 건설하는 등 기를 쓰고 방어에 전념하는 모습이었다.

이신은 사나다 마사유키가 어떤 생각을 했는지 알 수 있었다.

아마도 엔트 3마리가 완성되면 한동안 방어를 지속할 수 있을 거라고 생각했으리라.

엔트는 나무껍질이 단단해 석궁병·장창병 등의 공격이 먹혀들지 않기 때문에 이신의 공격을 잠시나마 막을 수 있는 것이다.

'그래서 내 앞마당을 날려 버렸군.'

재미있는 인물이었다.

프로게이머들 사이에서도 저렇게 계속 확장 기지를 만들면서 도망 다니는 전략이 존재했다.

그러면서도 끊임없이 상대에게 카운터를 먹여 어느 쪽이 더 유리해지지 않게 승부의 균형을 유지하는 버티기 전략…….

사나다 마사유키는 바로 그러한 생존 전술을 구사하고 있었다.

끈질긴 근성과 끝까지 승리를 향하는 판단력이 있기에 가능한 일이리라.

다만, 이신이 빠르게 하늘을 나는 그리핀을 들고 나온 이상, 모두 무용지물이 될 수밖에 없었다.

그리핀은 빠르다.

어디에 몰래 건물을 지어도 빨리 발견할 수 있다.

날아서 언덕을 넘어 바로 공격할 수 있으니 출입구만 막는다고 방어가 되는 게 아니다.

결국 조아생 뮈라에게서 사나다 마사유키에 대하여 들은 것이 승패에 크게 작용하게 되었다.

결국 사나다 마사유키는 패배를 선언했다.

[악마군주 플라우로스 님의 계약자 사나다 마사유키 님께서 패배를 선언하셨습니다. 악마군주 그레모리 님의 승리입니다.]

[악마군주 그레모리 님께서 마력 2만을 획득하셨습니다.]

[마력 총량 12만 9천으로 악마군주 그레모리 님께서 서열 69위가 되셨습니다.]

[마력 총량 11만 1천으로 악마군주 플라우로스 님께서 서열 70위가 되셨습니다.]

"완패였다."

사나다 마사유키는 분한 기색이 가득한 얼굴로 손을 내밀었다.

"아까웠습니다."

이신은 순순히 악수를 했다.

"정말 아까웠나?"

"아니요. 그 전략으로는 백번을 거듭해도 제가 이깁니다."

이신은 매우 솔직하게 말했다.

"허, 솔직하군. 처음부터 나에 대해 파악하고 있었던 듯한데, 조아생 뭐라 놈에게 나에 대해서 들었지?"

"그렇습니다."

"후에도 서로 정보를 공유하자고 거래를 했겠군. 그 야비한 서양 놈!"

사나다 마사유키는 눈치가 귀신같았다.

이신도 굳이 숨길 생각이 없었기에 어깨를 한 번 으쓱하고 말았다.

"비록 졌지만 덕분에 내 실수가 무엇이었는지 알게 되었다. 다음에 또 붙거든 지금 같지 않을 것이다."

"……"

사나다 마사유키의 최대 패착은 진형(陣形)은 알고 조합은 몰랐던 점.

마룡과 헬하운드에 엔트가 2마리라도 섞여 있었으면 이신이 상당히 애먹었을지도 몰랐다.

그는 바로 그 실책을 깨달은 듯했다.

다음에 다시 맞붙는다면 더 어려운 상대가 되리라.

하지만 그건 그거대로 재미있을 것 같다고 이신은 생각했다. 그는 승부를 두려워하지 않았다.

그때 불타는 눈동자를 가진 표범, 악마군주 플라우로스가 이신에게 다가왔다.

특유의 으르렁거리는 듯한 목소리가 울려 퍼졌다.

—소원을 말해라. 나는 표공 플라우로스. 너에게 과거, 현재, 미래의 비밀을 알려줄 수도 있고, 적을 불태울 수도 있다. 그리고… 더 말하지 않아도 알 테지. 소원을 골라라.

"과거, 현재, 미래의 비밀?"

이신이 고개를 갸웃거렸다.

—그렇다. 과거, 현재, 미래에 벌어진 비밀에 대해 너는 알 수 있다. 다만 네가 감당할 수 있는 한계 이상의 비밀을 원할 시에는 생명에 위협이 가해질 수 있다는 것을 알아야 한다. 자, 이 소원을 택하겠느냐?

플라우로스가 물었다.

이신은 곰곰이 생각했다.

미래에 관심 없는 인간이 어디 있을까?

하지만 그걸 미리 알아버리면 재미없을 것 같다고 이신은 생각했다.

현재도 물론 관심이 없다.

하지만…….

'과거의 비밀?'

이신의 시선이 자연히 자신의 오른쪽 손목으로 향했다.

지금은 그레모리의 치유 덕에 과거보다 훨씬 건강하게 완쾌되었다.

하지만 그때 손목뼈가 분질러진 고통은, 그리고 다시는 게임을 할 수 없는 절망은 아직도 이신의 가슴속에 남아 있었다.

과거에 연연하는 성격이 아니었지만, 이신도 사람이기에 그리 오래되지도 않은 그때의 트라우마를 완전히 떨칠 수가 없었던 것이다.

알고 싶었다.

대체 누가 왜 자신에게 그런 짓을 했는지.

하지만 한편으로는 알고 싶지 않았다.

말도 안 된다고 생각하지만, 정말 세간의 루머대로 황병철이나 신지호가 배후에 있을 수도 있었다.

혹은 전혀 예상치 못했던, 자신의 성공을 질투하던 주변 사람일 수도 있었다.

혹은 아버지나 어머니일 수도…….

'그럴 리가.'

이신은 고개를 저었다.

황병철은 근성과 투지가 있는 남자다운 녀석이다. 그런 야비한 성격이 아니었다.

신지호 역시 약간 속 좁고 삐딱하지만 본성이 나쁘지는 않다.

자신의 부모님은 말할 필요도 없었다.

아무리 게임을 탐탁지 않아 해도, 이미 그 분야에서 크게 성공한 아들에게 그런 짓을 할 리가 있겠는가?

알면 상처 받게 될지도 모른다.

굳이 판도라의 상자를 열 필요는 없다.

"카이저, 굳이 알 필요 없는 과거라면 들추지 말고 그저 떨쳐버리세요."

그레모리가 다가와 조언했다.

그런데 플라우로스 역시 슬그머니 다가와 은근한 어조로 속삭인다.

—하지만 결국 인간은 비밀을 모른 체하고는 살 수 없지. 그 비밀을 어떻게 받아들이느냐는 본인이 판단할 일일 뿐, 비밀을 몰라야 한다는 법은 없지. 그렇지 않나?

"과거, 현재, 미래의 비밀을 알려주는 능력을 가진 악마군주는 얼마든지 있어요. 나중에라도 알고 싶어진다면 그때 가서 생각해 봐도 돼요."

그레모리의 계속된 조언에 플라우로스의 눈살이 찌푸려졌다.

그는 어떻게든 귀중한 마력의 1%를 주는 것이 아닌 다른 소원을 들어주고 싶어 했다.

이신은 눈을 질끈 감고 생각했다.

한참을 고민했다.

그리고 눈을 뜨며 말했다.

"원한다."

—무엇을?

"…과거의 비밀."

—흐흐흐, 좋다.

득의양양하게 웃은 플라우로스는 문득 입에서 검은 구슬 하나를 이신에게 뱉었다.

깜짝 놀라 그걸 받아 든 이신에게 그가 말했다.

—그걸 쥐고 알고 싶은 것을 생각하면 떠오르게 될 것이다. 언제 쓰든 네 자유지만, 한 번 사용하면 구슬은 사라진다. 단, 경고했지만 감당할 수 없는 비밀은 생명을 위협할 것이다.

"그렇게 거창한 비밀은 아니다."

—아무튼 소원을 들어줬으니 볼일은 끝났군. 그럼 이만.

플라우로스는 사나다 마사유키와 함께 사라졌다.

"마력을 얻는 편이 다음 서열전을 위해서라도 더 좋다는 것을 아시잖아요?"

그레모리가 물었다.

"예, 압니다."

이신은 고개를 끄덕였다.

"하지만 꼭 알고 싶은 게 있습니다."

그의 오른손이 검은 구슬을 연신 만지작거렸다.

현실로 돌아온 이신은 침중하게 가라앉은 눈빛으로 자신의 손에 들린 검은 구슬을 바라보았다.

"언제 쓰든 네 자유지만, 한 번 사용하면 구슬은 사라진다."

악마군주 플라우로스의 말을 떠올리며, 이신은 심사가 복잡해졌다.

이제 와서는 그다지 알고 싶지 않은 비밀이었다.

이대로 넘기고 살아도 문제없다.

손목은 완쾌되었고, 전보다 더 건강해졌다. 선수로 복귀했고, 꿈에도 그리던 게임을 실컷 할 수 있게 되었다.

아무 문제없다.

하지만…….

'그래도 알아야지.'

이신은 냉정하게 생각했다.

집착은 아니었다. 이미 과거의 아픔을 딛고 자신은 다시 도약할 준비를 하고 있다.

최영준, 박영호 등 예전보다 더 많은 강자가 라이벌이 되어 자신을 즐겁게 해줄 준비를 하고 있다.

다만, 그러한 습격 사건이 또 벌어지지 않는다는 보장은 없었다.

그렇기 때문에 누군지 알아내야 한다. 응징을 하든지 용서를 하든지, 그건 자신이 직접 판단할 것이다.

이신은 검은 구슬을 쥐었다.

'알고 싶다.'

플라우로스가 일러준 대로 알고 싶은 것을 머릿속에 떠올렸다.

'내 손목을 습격한 사건의 전모를.'

파삭!

그러자 검은 구슬이 부서져 가루가 되어 흩어졌다.

검은 가루는 시커먼 안개로 변하여 이신의 머리에 스며들었다.

머릿속에 여러 가지 기억들이 제멋대로 떠오르기 시작했다.

화장실 세면대 앞.

복면을 쓴 괴한이 쇠파이프를 든 채 씩씩 가쁜 숨을 쉬고 있다.

그리고 자신은 오른손을 부여잡고 고통에 신음한다.

아직도 생생한 끔찍한 기억.

등에서 식은땀이 차올랐다.

기억이 점점 거꾸로 되감기기 시작했다.

자신의 시점이 아닌, 복면을 쓴 범인의 시점이었다.

복면을 쓰려고 하고 있는 청년의 모습이 보인다.

나이는 20대 초반 정도 되었을까.

짙은 갈색으로 염색한 파마머리에 오른쪽 어깨 부근에 그리 세련되어 보이지 않는 지저분한 문신이 새겨져 있다.

처음 보는 낯선 사람이었다.

이신은 다소 안도했지만, 아직 안심할 수 없었다.

저 양아치 같은 놈에게 사주한 사람이 자신의 친인일 수도 있으니까.

청년은 장민재라는 놈이었다.

장민재는 고교 졸업 후에 집에서 나와 조그마한 자취방에서 살고 있다.

혼자가 아니었다.

그 작은 자취방에는 장민재의 여자 친구도 동거하고 있었다.

조금 더 과거로 거슬러 올라가 장민재와 그의 여자 친구가 다투는 모습이 보였다.

"이제 어떡할 거야!"

울며 히스테리를 부리는 여자 친구.

장민재는 짜증 가득한 얼굴로 주머니에서 담배를 꺼내 입에 문다.

"나쁜 새끼! 넌 그 와중에 내 앞에서 담배를 피냐?"

여자 친구의 분노가 더욱 거세졌다.

"아, 씨발 진짜."

장민재는 짜증을 내며 밖으로 나갔다. 라이터로 담배에 불을 붙이며 투덜거린다.

"대뜸 임신을 해가지고는."

클럽에서 눈이 맞아 사귀게 된 여자였고, 얼마 되지 않아 동거까지 하게 되었다.

"누구 앤지 내가 어떻게 알아? 씨발."

그렇게 나 몰라라 말은 하지만 장민재의 얼굴은 고뇌로 잔뜩 일그러져 있었다.

애를 낳든 떼든 병원에 가야 하는데 자신에게는 돈이 없었다.

지방에 계신 부모님께 손을 벌릴 수도 없었다. 이 사실을 알았다가는 아버지에게 맞아 죽는 건 물론이고, 지방으로 끌려가 함께 농사를 짓게 될지도 모른다.

재수해서 대학 가겠다고 서울로 올라간 놈이 공부는커녕 사고나 쳤다는 걸 알게 되면 엄한 아버지가 내릴 결정은 불 보듯 뻔했다.

담배를 다 핀 장민재는 자취방에 다시 들어갔다.

아직도 여자 친구는 눈물을 닦고 있었다.

"야, 그만 좀 처울어. 일단 병원 가자."

"돈이 어디 있어!"

"어떻게든 마련하면 되잖아! 돈은 내가 알아서 할 테니까 넌 낳을 건지 어떻게 할 건지 생각하고 있어."

그러면서 장민재는 행거에서 저지를 꺼내 걸쳤다.

"어디 가는데?"

여자 친구가 울먹거리며 묻는다.

"돈 빌리러!"

장민재가 짜증스럽게 대답했다.

"내 친구 중에 잘나가는 새끼 있어. 걔한테 빌리면 돼."

기분이 꿀꿀해서 여자 친구와 같이 있고 싶지도 않은 그였다.

장민재는 그대로 휙 하니 떠나 버렸다.

그리고 장민재가 향한 곳은…….

'설마.'

한국 e스포츠 1부 리그 팀 화성전자의 선수 숙소 인근이었다.

'아니겠지.'

이신은 믿고 싶지 않았다.

하지만 화성전자 소속의 가장 유명한 프로게이머는 단연 한 사람, 그도 잘 알고 있는 인물이었다.

장민재가 핸드폰을 꺼내 전화를 걸었다.

—여보세요?

"어, 나야!"

—네가 웬일이냐?

"웬일이긴. 이 근처 지나가다가 그냥 들러 봤어."

—이 근처라고?

"그래. 한잔하자."

—인마, 나 다음 주에 중요한 경기 있어.

"그냥 가볍게 한잔하자고. 여기까지 왔는데 그냥 가라고?"

핸드폰 너머로 상대의 한숨 소리가 들렸다.

—알았어.

"참고로 나 치맥 먹고 싶다."

—귀찮은 새끼.

장민재는 낄낄거렸다.

이윽고 숙소에서 나온 선수는 평범한 체격에 사납게 치켜 올라간 눈매를 가진 준수한 청년이었다.

'……!'

이신은 가슴이 철렁 내려앉았다.

…황병철이었다.

"이야, 슈퍼스타 씨! 잘나가던데?"

"잘나가긴 개뿔. 연습해야 되는데 하필 이런 때 오고 난리야?"

"아 새꺄, 친구 좋다는 게 뭐냐."

황병철은 피식 웃었다.

"친구는 무슨. 연락 한 번 없던 놈이."

장민재의 얼굴에 잠시 짜증이 나타났다가 사라졌다.

'말 한번 잘했다. 친구는 개뿔.'

마음에 안 드는 자식이었다.

고등학생 때는 단짝이었다. 함께 수업 떼먹고 도망쳐 나와 술 먹고 당구 치고 PC방에 갔다.

그렇게 함께 막나가던 사이였는데 어느 순간 프로게임단의 연습생이 되더니, 연습 때문에 바쁘다고 전화도 씹는 등 관계가 소원해졌다.

같이 놀 때는 언제고, 이제 와서 저 혼자만 마음 고쳐먹고 성실한 사람이 된 양 하는 꼴이 마음에 들지 않았다.

그래도 어쩌겠는가.

지금은 돈이 필요했다. 돈만 구하고 나면 더 볼일 없는 사이였다.

치킨과 맥주를 마시면서 장민재는 함께 놀았던 과거 이야기를 마구 늘어놓았다.

하지만 황병철은 과거 얘기를 그다지 즐기는 눈치가 아니었다.

가볍게 한 잔만 하겠다고 거절하던 황병철은 결국 유혹에 못 이겨 점점 맥주를 많이 비우기 시작했다.

술기운이 오른 황병철이 말수가 많아졌다.

"그래, 내가 너랑 같이 막 놀고 그랬지."

"그때가 좋지 않았냐? 생각 없이 존나 놀고 그랬잖아, 그땐."

"별로……."

"아, 새끼. 같이 잘 놀 땐 언제고 이제 와서 오리발이야."

"그땐 그랬지. 근데 내가 화성전자 연습생으로 스카우트되었을 때, 아버지한테 얘기했거든."

황병철은 쓸쓸하게 말했다.

"근데 아버지가 되게 좋아하시더라."

"……."

"늘 화만 내시던 분인데, 갑자기 잘해보라고 등 두들겨 주니까 내가 정말 잘못했구나 싶더라. 뭔가 해보겠다고 하면 이렇게 응원해 주시는 분인데, 그동안 너무 속 썩였던 거지."

'아, 씨발 술맛 떨어지네.'

장민재는 짜증이 났지만 내색하지 않고 참았다.

하지만 황병철의 이야기가 계속될수록 돈 빌려달라는 말을 꺼내기가 힘들어졌다.

집안이 빚에 허덕이고 아버지 장사도 잘되지 않아서 돈을 버는 족족 집안을 위해 쏟아붓고 있다는 것이었다.

그래도 빚은 거의 다 갚았으니 올해만 지나면 사정이 나아질 거라고 희망적으로 말하는 황병철이었지만, 장민재는 지금 당장이 중요했기 때문에 안색이 안 좋아졌다.

"야, 그래도 이번에 우승하면 상금 장난 아니지 않냐? 1억이었나?"

"말도 마라, 그것 때문에 내가 아주 미치겠다."

"왜 미쳐?"

"다음 주 결승전에 아버지도 와서 응원하실 텐데……."

"응원해 주는데 좋지 왜?"

"이신."

그 한마디에 장민재는 단번에 납득할 수 있었다.

"지난번에도 결승에서 만났는데 완전 처발렸잖아."

"아……."

"아버지 어머니 열심히 응원하시는데 어떻게 그 앞에서 3 대 0으로 개박살을 내냐. 뭔가 준비한 걸 보여줄 기회도 안 주고… 완전 악마 같은 새끼야."

'뭘 해볼 기회도 안 주는 게 내가 준비한 전략이었으니까.'

이신은 덤덤히 생각했지만, 약간 미안한 마음도 들었다.

작년 전반기 개인리그에서 붙었을 때는 낚시까지 해서 황병철을 바보로 만들었었다.

그냥 실력으로 찍어 누르는 것보다 그 편이 더 짜릿하기 때문이었다.

부모님이 그걸 현장에서 보고 있었다니 조금 미안하긴 했다.

'그래도 승부는 승부지만.'

또 그 상황이 되더라도 똑같이 했을 것이다. 실제로 그다음의 후반기 개인리그 때도 비슷한 전략을 구상했었다.

"그 새끼 분명 이번에도 비슷한 전략 준비했을 텐데 벌써부터 걱정된다. 그 자식 그냥 평범하게 이기는 거 안 좋아하거든. 날 존나 병신 만들어야 직성이 풀리나 봐."

'그래야 팬들이 좋아하니까.'

"아오, 누가 그 새끼 손모가지 안 부러뜨려 주나?"

'……!'

그 말에 이신은 굳어버렸다.

"왜? 내가 부러뜨려 줄까?"

장민재가 무서운 눈을 띠며 반응했다.

"뭐?"

"내가 그 새끼 손목 아작 내줄게 우승 상금 반 띵, 콜?"

"……."

황병철은 그런 장민재를 한심하다는 듯이 쳐다봤다.

"술이나 마셔라, 인마."

하지만 함께 술을 마시면서 장민재의 이글거리는 눈빛은 꺼질 줄을 몰랐다.

국내 개인리그 우승 상금은 1억.

그 절반은 5천.

세금 떼고 뭐 하고 해도 큰돈이었다.

전에도 돈 필요할 땐 야밤에 취객 상대로 뻑치기도 해본 장민재였다.

이미 황병철과 달리 크게 어긋나 있었던 장민재에게 그런 일을 저지르는 건 어렵지 않았다.

술을 다 마시고 헤어지면서, 숙소로 돌아가는 황병철의 뒷모습을 보며 장민재는 히죽 웃었다.

"네가 시킨 거다, 황병철. 난 네가 시켜서 한 거야. 그러니까 잘되면 내게 대가를 치러야 해. 안 그러면 내가 자수해서 다 실토할지도 모르잖아. 안 그래?"

그리고 다음 날, 장민재는 4강전을 가뿐하게 승리로 장식하고 결승에 진출한 이신을 습격했다.

대한민국은 난리가 났지만, 장민재는 아랑곳하지 않고 황병철을 조용히 불러 협박했다.

황병철은 미쳤냐며 화를 냈지만, 장민재는 히죽거리며 말했다.

"나 수틀리면 자수해서 무조건 네가 시켰다고 할 거야. 네가 부정하면 어쩔 건데? 사람들이 믿을 것 같아? 그땐 너도 나도 같이 훅 가는 거야, 알았냐?"

"이런 개새끼가……!"

"어이, 슈퍼스타 씨. 우리 같이 좀 살자. 나 여친 임신해서 힘들어 죽겠다니까."

"……!"

"친구 좋다는 게 뭐냐? 응?"

황병철은 어찌할 바를 몰라 했다. e스포츠 팬들이 분노에 휩

싸여 있는 시기였다.

진실을 누가 알아줄까?

사실 여부와 상관없이 사건에 연루만 되어도 끝장이었다. 대중은 진범이 아니라 범인으로 지목된 사람을 원하고 있었다.

아마도 거기서부터 잘못된 것이리라.

결승전은 부전승으로 올라온 신지호와 치렀다.

둘 다 정신적으로 타격을 입은 탓에, 그야말로 졸전이었다.

우승 상금은 현금으로 인출해 몇 차례에 걸쳐 장민재에게 건넸다.

그렇게 끝내고 싶은 마음이 굴뚝같았지만, 그 뒤에도 한참 동안 잠잠하던 장민재는 수시로 찾아와 돈을 빌려달라고 했다.

갑자기 손에 들어온 거금을 감당 못 하고 진탕 써버린 것이다.

황병철의 부진이 시작된 것도 그때부터였다.

파앗!

회상은 그렇게 끝났다.

"윽."

삽시간에 밀려드는 현기증에 머리가 띵했다. 이신은 위태롭게 비틀거리다가 침대에 쓰러졌다.

아마도 과거의 비밀을 알게 된 후유증인 모양이었다. 가벼운 현기증 정도라서 다행이었다.

구역질이 날 것 같은 걸 꾹 참으면서, 이신은 피식 웃었다.

'다행이다.'

자신의 주변 사람이 아니라는 사실에 이신은 안도하였다. 루

머와 달리 자신의 라이벌 황병철은 죄가 없었다.

장민재라는 양아치 따윈 알 바가 아니었다. 놈을 어떻게 대가를 치르게 할지는 당장 궁리할 필요가 없는 일이었다.

'이걸로 안심하고 게임에 집중할 수 있겠군.'

이제야 과거를 완전히 털어버릴 수 있을 것 같았다.

『마왕의 게임』 3권에 계속…